ARTHUR TENOR

ROMAN D'HORREUR

Ils n'auraient jamais dû
retourner dans cette maison

L'horreur au cinéma

Les plus grands films d'horreur

MÉLODY MOUREY

Scrineo jeunesse

Arthur Ténor est un explorateur de l'Imaginaire. Depuis qu'il publie des romans, il en a visité des contrées étranges (chez *Les Fabuleux* de Scrinéo Jeunesse, par exemple) et des mondes parfois aussi infernaux que l'enfer lui-même (*Sur les terres du comte Dracula*, Plon Jeunesse). Il a voyagé dans le temps, à l'époque de Louis XVI ou de Philippe le Bel (séries *À l'écoles des pages du Roy Soleil* au Seuil Jeunesse ou *Le Félin* chez Lito), a vu de près les deux guerres mondiales (*Il s'appelait le Soldat Inconnu* chez Gallimard Jeunesse ou *Mémoire à vif* chez Gulf Stream), et a été témoin de terribles injustices (*À mort l'innocent !* chez Oskar).

Jusqu'à ce qu'il entre dans la Maison de l'horreur, il pensait avoir tout vu et tout connu dans le registre du frisson… Comme il se trompait !

À Nathalie qui comme moi adore frissonner de peur, de temps en temps et juste pour rire.

1

The horror zombies show

Ils s'étaient installés tous les trois côte à côte sur le grand canapé familial de la maison de Valentin Balista, l'hôte des lieux ce soir-là. Zoéline s'était placée entre les garçons, pour se rassurer et, éventuellement, en cas de trop forte émotion, sauter dans les bras de l'un d'eux. Si cela devait arriver, il était certain qu'elle choisirait à sa droite Valentin plutôt que Cédric. Ce n'était pas qu'elle avait une réelle préférence sentimentale, car tous deux étaient vraiment de bons copains, mais le second avait un tel appétit qu'elle risquait en lui sautant au cou de renverser soit le verre de soda, soit le paquet de chips ou autres gourmandises salées et sucrées qu'il ne cesserait d'engloutir durant tout le film.

Car ce soir-là, c'était *veillée home cinéma,* frissons garantis, rires nerveux et claquements de dents assurés. Les parents de Valentin devaient s'absenter jusqu'à minuit, et comme le lendemain était un samedi, donc sans collège, les trois adolescents avaient obtenu la permission spéciale de dix heures. Avec les prolongations, ce serait onze.

– Il dure combien de temps, ce film ? demanda Zoéline.

Cédric s'empara du programme TV et, à la seule lumière du téléviseur, tenta de déchiffrer les informations concernant ce long métrage annoncé comme un « kitchissime navet de série Z, catégorie horreur à mourir de rire ». Une photo montrait un groupe de zombies décharnés, dégoulinant de bave verdâtre, les yeux exorbités de fringale, poursuivant une frêle jeune femme blonde épouvantée. Le titre en lettres de sang était à lui seul une promesse d'aventure « délicieusement dégueu », selon Cédric qui avait choisi le film de la soirée : *The horror zombies show.*

– On est comme des coqs en pâte, hein ? déclara Valentin en se calant avec jubilation dans son coin de canapé.

– Euh, au cas où tu ne l'aurais pas remarqué, moi je ne suis pas un coq, fit remarquer Zoéline.

– Une cocotte, alors.

– Encore moins ! J'ajouterai même que je ne suis pas une volaille, fit-elle mine de s'offusquer. Enregistré, maître Lagaffe ?

Elle tourna un œil malicieux vers son compagnon de droite. Celui-ci se composa une figure à l'expression cruelle pour répliquer :

– Oh oui ! Hum… miam ! Une cocotte en pâte. On va te croquer toute crue ! Rrrrah !

Il lui sauta à la gorge. La jeune fille se recroquevilla en hurlant de rire.

– Hé, oh, les mioches, c'est bon, on se calme ! Ça va commencer, avertit Cédric qui s'apprêtait à éventrer un sachet de chips promis à une mort rapide.

Zoéline adressa un sourire complice à Valentin, et se dit qu'il était quand même plus mignon quand il ne faisait pas l'imbécile… très mignon même, avec son visage d'une grande douceur, ses yeux bleu sombre et sa chevelure brune aux mèches rebelles. Cédric aussi eût été pas mal, s'il avait renoncé à s'empiffrer. Sans être difforme, car il pratiquait intensément certains sports, dont le karaté et le rugby, il était à coup sûr sur le chemin de l'obésité. C'était un grand gabarit, blond et d'une intelligence aussi vive que sa capacité à repérer de loin tout ce qui se mange. Au collège, les garçons de son âge qui tentaient de le charrier sur son embonpoint prenaient le risque d'une réaction fulgurante et meurtrière. Le dernier qui s'y était essayé avait pris une paire de claques cuisantes avant d'être saisi à pleins bras, retourné comme un lapin et contraint de demander pardon, la tête en bas.

– C'est parti ! s'écria-t-il en levant le poing.

Durant le générique du film, les sanglots longs des violons de la peur suffirent à créer l'ambiance, morbide à souhait. Et l'aventure commença, sans cri ni violence, ce qui apaisa l'excitation des trois jeunes téléspectateurs, dont l'expression d'insouciance juvénile était plaisante à voir. Nul doute que cela devrait vite changer. En attendant, ce n'était que paix et petite musique champêtre. Le rayonnement coloré du téléviseur se reflétait sur leur visage, concentré à l'extrême, et faisait luire leurs prunelles. Soudain, un pesant silence s'imposa, tandis que la lumière faiblissait rapidement, jusqu'à créer une angoissante pénombre dans le salon. Les adolescents se figèrent, Cédric une chips devant la bouche, prête à être enfournée. Une mélodie grave, rythmée par le battement d'un cœur en émoi, les avertit que l'action n'allait pas tarder à s'accélérer. Il y eut des bruissements de feuilles mortes... un hululement de chouette au loin... Le vent se mit à mugir dans des arbres décharnés.

« C'est elle ! La tombe d'Angus Kypper, dit une voix d'homme où perçait la peur. Partons, Mac Grégor, je ne la sens pas, cette embrouille. »

« La ferme ! On n'est pas venus pour claquer des dents, mais pour déterrer un cadavre et lui piquer sa chevalière de diamant. »

Les tergiversations s'éternisaient et les téléspectateurs s'impatientaient, d'autant qu'ils avaient déjà cru deviner ce qui se passerait lorsque le cercueil de Kypper serait déterré.

– C'est nul, ne put s'empêcher de commenter Valentin. Le zombie va sortir du cercueil en beuglant, il va bouffer les pilleurs de...

« Rhaaaah ! Noooon ! Pas ça ! Eugheuuu ! »

Les adolescents plissèrent la même grimace.

– Beurk ! fit Zoéline. Ils ont utilisé de la viande de quoi à votre avis, pour faire ce trucage ?

– C'est du bœuf… dans le filet. Chut ! répondit Cédric en fin connaisseur.

– Toi, pourvu qu'il y ait de la bouffe, maugréa la jeune fille avec un haussement d'épaule.

Visiblement, elle était déjà lassée par ce navet qui la dégoûtait davantage qu'il ne l'effrayait. Valentin émit un rire, pas vraiment d'amusement, quand le zombie, qui avait finalement surgi dans le dos des pilleurs de tombes, attaqua le foie de ses victimes.

– Avec de l'ail et du persil, ce serait quand même meilleur, commenta-t-il.

Et ainsi se poursuivit le navet, où les zombies n'en finissaient plus de sortir de terre et les malheureux habitants de la ville maudite de se faire dévorer goulûment. Si bien que cela commença à devenir ennuyeux comme la mort.

– Y'a quoi sur les autres chaînes ? soupira Zoéline.

Malgré son goût pour les monstres, les vampires et autres prédateurs de la nuit, Cédric dut reconnaître que lui aussi avait envie de changer d'atmosphère.

– Attends, je regarde…

Valentin se leva.

– Non, vraiment, pour avoir la trouille, une méga trouille de chez Trouille, déclara-t-il en se rendant à la cuisine récupérer un peu de ravitaillement, faudrait une vraie histoire, je veux dire une histoire vraie. Tiens, comme celle de la Maison de l'horreur…

– La bicoque abandonnée de la rue du Commandant Rousseau ? releva Zoéline.

– Pas si bicoque que ça. C'est parce que le parc autour est tout en broussaille qu'on croit qu'elle est en ruine.

Cédric releva le nez de son magazine TV.

– Qu'est-ce que tu en sais ? demanda-t-il.

Les hurlements de terreur des victimes du *Horror zombies show* devinrent si assourdissants que Valentin dû baisser le son du téléviseur avant de répondre :

– Un jour, j'ai sauté le mur, à un endroit où il n'y a plus de tessons de bouteille. J'en ai fait le tour, et je peux vous jurer qu'elle est en parfait état.

– Tu n'y es pas entré ? l'interrogea Zoéline.

– Non. Tous les volets sont en fer et les portes ont été renforcées avec des plaques de tôle soudées. Ça dissuade les cambrioleurs, c'est sûr…

– Et les curieux ! enchaîna son copain en avalant tout rond, non pas un mais une poignée de nounours en gélatine. Mais… mm, miac… vous y croyez, à ce qu'on raconte sur cette mmm… maison ?

– Les spectres de la famille Collinsky ? Ouais, bien sûr ! D'ailleurs, il paraît qu'à Noël on a même vu le Père Noël apporter des jouets aux enfants qui ont été égorgés, dans leur lit.

Valentin reprit sa place, puis termina en se laissant choir sur le canapé :

– N'empêche, ça doit provoquer une sacrée poussée d'adrénaline d'aller là-dedans, de nuit évidemment, et de se faire courser par des fantômes.

Cédric replongea dans la consultation de son magazine. Il posa l'index sur la page de droite, puis déclara d'un air songeur :

– C'est sûr… ça doit faire vraiment peur.

– Tu penses à quoi ? demanda Zoéline.

– Hein ? Oh non, à rien. Bon ben, y'a rien d'autre ce soir. On pourrait faire un jeu.

La suggestion fut retenue, pourtant ils ne purent s'empêcher de finir le film qui réussit quand même à leur tirer quelques délicieux frissons et pas mal d'éclats de rire.

2

Proposition de *ouf*

Un mois plus tard…

Un matin de mars, glacé mais sec, le carillon de la porte d'entrée fit tressaillir Valentin. Courbé sur son bureau tel un moine enlumineur, avec la concentration d'un diamantaire à l'œuvre, l'adolescent était en plein exercice de démontage d'un vieux téléphone mobile. L'électronique était sa passion et il avait déjà acquis un beau niveau de maîtrise pour son âge, quatorze ans révolus, au point qu'il était capable, par exemple, de transformer un vulgaire Smartphone en véritable outil-espion. Sa seule difficulté était de n'avoir aucune personne intéressante à espionner ; son voisin Cédric à la rigueur, qui d'ailleurs était sans aucun doute l'importun du moment, ou alors... – cette pensée lui inspira un tendre sourire – la charmante Zoéline.

Il se laissa aller à la rêverie. Depuis quelque temps, de drôles d'idées lui traversaient l'esprit, que son copain avait assez justement diagnostiquées : « Ce sont les hormones qui te travaillent, c'est normal ». Autrement dit, il avait des vues sur cette pimpante jeune fille à la longue chevelure châtain miel. Elle était de son quartier, mais pas dans son collège, et il se connaissait depuis qu'ils avaient huit ans. Comme il refusait avec résolution d'être amoureux – pour de vrai – il devait admettre qu'il était certainement perturbé par ses hormones. Et elle ? Était-elle également travaillée par ses... ?

– Salut la compagnie ! s'écria un volumineux géant blond en jaillissant dans la chambre.

Valentin faillit tomber de son siège, ou pour le moins mourir d'une crise cardiaque.

– C'est pas vrai ! Cédric, un jour je t'assassinerai à coups de fourchette. Tu ne peux pas frapper avant d'entrer chez les gens ? Ce serait trop te demander ?

– Ben... j'ai sonné. Ta mère a l'air en super forme. Et euh... non. Tu sais bien que moi je ne frappe que ceux qui m'embêtent. Et comme ta porte ne m'a rien fait...

– Ça va. Assieds-toi sur le lit et ne bouge pas un cil, le temps que je remonte la carte-mère du téléphone de mon grand-père.

– Il est mort ?

– Mort ? Bien sûr que non !

– Je te parle du téléphone, banane ! Il est mort ?

– Pas sûr. À l'agonie, dirais-je. Qu'est-ce qui t'amène ?

– Une proposition de *ouf*.

– Je vois. Alors, c'est non. Merci d'être passé.

Cédric éclata de rire. Il se leva et se jeta tout à coup à plat ventre sur la moquette. Il étira un bras sous le lit, et grommela de ne pas y trouver ce qu'il espérait y dénicher.

– Elle est où, ta réserve secrète de Maxi-Mars ?

– Dans mon ventre. Vas-y, je t'écoute. T'as dix secondes.

Le visiteur se remit debout avec une souplesse inattendue pour une telle carcasse.

– Ok. J'ai trouvé un moyen d'entrer dans la Maison de l'horreur.

– Mouais, et alors ?

– Alors, rendez-vous pour une séance de sensations fortes à dix heures ce soir, devant la grille du 66 rue du Commandant Rousseau. Salut !

Cédric fit mine de s'en aller, mais contrairement à ce qu'il espérait, son copain ne le rappela pas pour lui demander des détails. Du coup, il s'immobilisa sur le seuil.

– Tu ne veux pas en savoir plus ? demanda-t-il en regardant son ami par-dessus son épaule.

Valentin le dévisagea, un minuscule tournevis planté dans le ventre ouvert du Smartphone agonisant.

– Tu sais, j'ai un QI de 175, je suis capable de piger du premier coup.

– D'accord. Donc, tu viendras.

– Non.

– Pourquoi ? Peur d'avoir peur ?

– Je n'ai pas l'intention de faire le mur pour une bêtise de ce niveau. On ira mercredi après-midi, si tu veux… et si je n'ai rien d'autre à faire.

– Stop ! Primo, ta mère m'a dit qu'elle acceptait que tu viennes passer la soirée chez moi…

– Quoi ?

– Secundo, comme tu n'es pas un lâche, je sais que tu ne te dégonfleras pas.

– Pour une fois tu te trompes. J'ai ce mobile à ressusciter et un devoir de maths à terminer. Désolé.

– Tertio… Zoéline en sera.

Valentin accusa le coup. Il hocha doucement la tête, puis marmonna :

– Maudit sois-tu, vil combinard !

Cédric pouvait enfin se détendre et reprendre, avec un sourire espiègle de vil combinard.

– Bon, je t'explique comment ça va se passer. J'ai déjà tout le matériel nécessaire…

Vingt-deux heures moins deux minutes,
ce soir-là…

Les poings serrés dans les poches de son jean, les mâchoires crispées tant par le froid que la tension nerveuse, Valentin réprima une nouvelle fois un frisson. Il leva les yeux vers la lune, ronde et lumineuse, une si parfaite lune de film de vampires qu'il soupçonnait son copain d'avoir choisi cette nuit en fonction du calendrier lunaire et du bulletin météo. Il consulta sa montre. « S'ils ne sont pas là dans trente secondes, je me tire ! », décréta-t-il en pensée.

Il scruta le sommet arrondi du mur et sourit au souvenir de sa précédente intrusion. C'était de jour et sur une pulsion soudaine assez peu en accord avec sa personnalité, plutôt prudente et réfléchie. Passant par là, il avait remarqué qu'à ce niveau, sur un bon mètre, les tessons de bouteilles, censés dissuader les éventuels grimpeurs indiscrets, avaient été brisés et même rabotés intentionnellement. Grâce aux anfractuosités du mortier effrité entre les briques, il n'avait eu aucune peine à franchir cette enceinte. Une fois de l'autre côté, il avait découvert un petit terrain d'agrément planté d'arbustes, où la pelouse à l'abandon s'était transformée en champ d'herbes folles. La demeure était une grosse bâtisse cubique, à un seul étage surmonté de combles aménagés, avec chiens assis et lucarne en œil-de-bœuf. Il avait immédiatement compris qu'il ne pourrait pas la visiter en raison des volets de fer et des plaques de renfort soudées sur la porte d'entrée. Il s'était alors demandé quel terrible secret renfermait ce sinistre coffre-fort. Ce qu'il en savait suffisait à lui donner la chair de poule : un père avait massacré sa femme et ses trois enfants, lardant même ces derniers de coups de poignard. Il s'était ensuite suicidé en se pendant à la rambarde de l'escalier central. Du grand classique, hélas. Pourtant, l'affaire avait eu un retentissement médiatique particulier, car peu après ce drame, on avait trouvé sur le perron le cadavre d'un SDF. Le malheureux, cherchant sans doute à élire domicile dans cette maison vide, avait réussi à en forcer la porte d'entrée (qui alors ne devait pas être blindée). Selon la rumeur, il était mort de peur, au sens littéral du terme, car ses traits étaient figés sur une expression de pure épouvante. De là à imaginer les lieux hantés par les spectres de cette malheureuse famille...

Un bruissement de tissu le fit tressaillir. Il se retourna et vit approcher une silhouette qui rasait de si près le mur du parc de la Maison de l'horreur que sa manche de doudoune frottait la brique.

– Zoéline, c'est toi ? appela-t-il en chuchotant.

– Non, c'est la fille du pape, répliqua la jeune fille. Évidemment que c'est moi, nigaud.

Valentin émit un bref grommellement d'agacement.

– Cédric n'est pas avec toi ?

– Il ne va pas tarder. Tu te sens capable d'aller jusqu'au bout ? s'inquiéta Zoéline.

– Bien sûr ! Et toi ?

– Oui, enfin… j'espère. J'ai un mauvais pressentiment. Je crois qu'il va se passer quelque chose de terrible ce soir.

Valentin étira un rictus.

– C'est gentil de me rassurer. Tu as lu ça dans ta boule de cristal ?

– Un cauchemar, que j'ai fait l'autre nuit. Des fantômes hideux nous sautaient dessus pour nous vider de notre énergie vitale.

– Je vois. C'est Cédric qui t'a soufflé ça, je parie ? Parce qu'il m'a raconté la même ânerie tout à l'heure, quand il m'a appelé pour être sûr que je serais au rendez-vous. Il m'a même téléphoné trois fois !

– C'est un grand angoissé, tu ne savais pas ?

– À ce point-là, non. Bon, qu'est-ce qu'il fiche ?

Zoéline se rapprocha de son camarade, jusqu'à le toucher. Le garçon sentit son rythme cardiaque monter en flèche, et il eut envie de passer un bras protecteur sur les épaules de cette frêle jeune fille… Il se dit qu'il devait le faire, ne serait-ce que par esprit chevaleresque. Aussi, leva-t-il le bras droit pour accomplir cette audace, quand soudain Zoéline le fixa et lui sourit. La lumière argentée de la lune donnait à ce visage à l'ovale parfait une étrange beauté diaphane, comme dans les rêves. C'est à cet instant que se présenta enfin le troisième larron chasseur de fantômes, surgissant en bourrasque comme à son habitude, mais cette fois par le haut.

– Salut, les mioches ! Vous êtes là, parfait. Tout est prêt, on peut y aller.

Il se tenait assis à califourchon en haut du mur d'enceinte. Il portait un sac à dos noir rebondi, dans lequel Valentin devina qu'il devait transporter des torches électriques et, beaucoup plus important, de quoi assurer un généreux pique-nique de minuit.

– Prêt ? Qu'est-ce qui est prêt ? demanda Valentin.

– Tu verras bien.

Le garçon se pencha du côté du parc pour saisir une légère échelle en aluminium, qu'il fit basculer de l'autre côté du mur, où son copain la réceptionna. Ensuite, Valentin invita courtoisement Zoéline à grimper la première. Une fois le mur franchi, le grand blond donna quelques explications, sur un ton et avec des gestes de comploteur qui amusa son compagnon d'aventure :

– Bon, les amis, comme je vous l'ai dit, on va entrer dans la bicoque par un soupirail. J'ai attaché une corde d'alpinisme au tronc d'un pommier pour qu'on puisse descendre dans la cave. Et de là…

– C'est haut ? s'inquiéta Valentin.

– Deux mètres. Mais ne t'en fais pas ; pour amortir une chute éventuelle, j'ai installé une grosse couverture pliée en quatre. On va atterrir dans ce qui était la réserve à charbon, où il reste encore une bonne couche de boulets. Ça ira, Valentin, tu te sens comment ?

– Aussi rassuré que le jour où j'ai failli me noyer dans les égouts que tu nous avais emmené explorer avec Martial.

– C'est de l'histoire ancienne…

– Un mois. Bon, c'est par où ?

Cédric indiqua du menton une direction, puis alluma une lampe de poche.

– Eh, t'es fou ou quoi ? s'exclama son copain. Tu veux nous faire repérer ?

– Par qui ?

– Les voisins.

Le garçon pointa de l'index la sombre demeure qui s'élevait au-delà du mur ouest, à quelques dizaines de mètres. Avec son toit à pans très pentus, créant de nombreux angles aigus, et ses murs couverts de lierre, elle était d'une austérité qui collait parfaitement à l'atmosphère du moment. L'une des fenêtres de l'étage disposait d'une vue panoramique sur l'avant-cour où les adolescents se tenaient. Certes, elle était obscure, mais ses volets n'étaient pas tirés.

– Rien à craindre, c'est un vieux type boiteux qui habite là. Je crois qu'il occupe seulement deux pièces au rez-de-chaussée. Allons-y.

Valentin acquiesça, mais ne put s'empêcher de jeter un regard suspicieux vers cet œil noir que son imagination ne pouvait s'empêcher d'investir d'une présence hostile.

3

Premières manifestations surnaturelles ?

Cédric mena ses amis jusqu'à ce fameux soupirail dont la trappe de tôle, percée de petits trous d'aération, avait été descellée et mise en appui contre le mur. Cette obscure bouche en demi-lune exhalait un air glacé, chargé d'une forte odeur de salpêtre. Une corde nouée au tronc d'un pommier décharné courait tel un serpent parmi les herbes, jusqu'au soupirail dans lequel elle plongeait.

– Comment as-tu fait pour enlever cette plaque ? demanda Valentin, redoutant que la méthode employée n'ait été un peu trop brutale.

– T'occupe. Ce qui compte, c'est le résultat. Je passe premier. Je vous réceptionne en bas. Allez, faut pas traîner.

Zoéline et Valentin observèrent en silence leur camarade s'enfoncer, jambes premières, dans l'étroite ouverture, ce qui leur inspira la comique et néanmoins déplaisante impression qu'elle l'avalait comme s'il se fût agi d'un gros asticot blanc. C'est seulement une fois la tignasse blonde du jeune homme engloutie par l'ouverture, que Zoéline s'inquiéta :

– Tu y crois, toi, à cette histoire de fantômes ?

– À peu près autant qu'au Père Noël. À vous l'honneur, mademoiselle.

Bien vite et sans la moindre difficulté, les trois amis se retrouvèrent dans des ténèbres humides, froides et nauséabondes.

– Brrr ! Ça caille ! frissonna Zoéline.

– Vous comprenez pourquoi je vous ai recommandé de bien vous couvrir, dit Cédric.

– Je crois que c'est aussi un peu la peur qui me fait claquer des dents, précisa la jeune fille.

Du faisceau de sa lampe torche, l'organisateur en chef de l'expédition explora leur environnement immédiat. Il révéla de la sorte qu'ils avaient pris pied sur les restes d'un tas de charbon, lui-même contenu par des planches calées contre un alignement de barres de fer noir. Chacun de ces derniers était solidement scellé, en haut, dans la voûte, et en bas dans un sol de grandes dalles de pierre carrées.

– C'est dingue, on croirait qu'on a atterri dans un cachot ! commenta Valentin.

Face à eux, une porte à barreaux, équipée d'une grosse serrure rectangulaire sans clé, était entrouverte. Et au-delà, s'étirait une cave tout en longueur, voûtée, bien moins large que ne le laissait soupçonner la taille de la bâtisse. Çà et là gisaient des casiers à vin en bois, des bouteilles vides et autres vieilleries typiques de ce genre d'endroit.

– Exact. Tu ne t'y attendais pas, hein ? Il paraît qu'au Moyen Âge c'était la maison du bailli, le chef de la police du coin si tu préfères. Je suppose que c'est le vestige d'une cellule de l'époque. On y va, les amis ?

– Tu ne nous donnes pas une lampe ? s'inquiéta Valentin.

Cédric se retourna et l'aveugla de la sienne.

– Euh… Ben, en fait, je croyais que j'en avais trois à la maison, mais…

– Stop ! N'en dis pas plus, sinon je t'assomme avec cette saleté de torche que tu fais exprès de me fiche dans la figure.

– Oups ! Pardon.

– Donne-la-moi et tu seras à demi pardonné, à demi seulement.

– Attends, je n'ai pas terminé. J'ai trouvé autre chose, encore mieux qu'une lampe électrique pour explorer une maison hantée.

Le jeune homme tira de son sac à dos un chandelier à trois branches, sur lequel il planta des bougies torsadées rouges. Zoéline commenta en pouffant :

– Ça va être trop drôle ! Comme dans les films d'horreur. Je vous préviens, je risque de vous éclater les tympans si je vois un revenant.

– Oui, enfin ne crie pas trop fort quand même, tempéra Cédric.

Tandis que Cédric allumait les bougies avec un briquet, Valentin tenta de négocier l'échange du chandelier, qui ne lui inspirait guère confiance, contre la lampe électrique. Mais le grand blond se détourna en marmonnant une réponse incompréhensible, puis sortit de la cellule en poussant la porte, dont les gonds émirent un gémissement quasiment humain. Il s'engagea ensuite dans la cave d'un pas résolu, en grondant avec une voix d'outre-tombe :

– Hého, les fantômes de la Maison de l'horreur, réveillez-vous, vous avez de la visite !

Son copain émit un soupir de résignation, d'accablement plus exactement. C'est alors qu'il sentit une main douce et tiède se glisser dans la sienne.

– Ça ne t'embête pas ? murmura Zoéline. Moi, ça me rassure.

Le garçon en frissonna de plaisir. Tout compte fait, il ne regrettait pas d'être venu.

Un escalier de pierre, aux marches hautes et glissantes, les fit accéder à un corridor qui, vers la droite, indiqua Cédric, menait à la cuisine et vers la gauche au hall d'entrée. Ils choisirent d'attaquer l'exploration par ce côté-là. C'est ainsi, à la lumière vacillante du chandelier et d'un disque de lumière électrique, qu'ils pénétrèrent dans un spacieux vestibule au pavage de losanges noirs et blancs. Un magnifique escalier central, tout en marbre, menait dans son prolongement à un palier d'où partaient un couloir, et de chaque côté une coursive en courbe surplombant l'entrée. Une rambarde de bois blanc à barreaux stylisés laissait entrevoir une série de portes, dont une seule était ouverte.

Cédric pointa le faisceau de sa lampe en haut du degré, sur le pilastre de droite de la rambarde.

– Ce que vous voyez là, mesdames et messieurs, c'est le montant où le père meurtrier a attaché la corde avec laquelle il s'est pendu, déclara-t-il à la manière d'un guide touristique. La légende prétend que certaines nuits, on peut le voir se balancer, la langue pendante, la bouche baveuse, les pieds et les mains agités d'ultimes convulsions…

– Où est-ce que tu es allé chercher ça ? demanda son copain.

– Sur le site Internet d'un type qui recense tous les phénomènes paranormaux. Il a créé une pleine page sur la Maison de l'horreur.

– Brrr ! Ça fiche la trouille, hein Valentin ? dit Zoéline.

– Non, se contenta de répondre le garçon.

Durant un moment, les trois intrus restèrent immobiles et muets, à écouter le silence finalement plus paisible qu'angoissant de cette auguste demeure bourgeoise. Jusqu'à ce que se produise un phénomène étrange :

– Vous sentez cette odeur ? demanda Valentin.

– Oui, chut ! fit Cédric.

– On dirait un parfum… un parfum de violette, suggéra Zoéline.

C'était si flagrant que Valentin émit un ostensible soupir d'agacement, montrant qu'il n'était nullement dupe.

– Zoéline, tu sais, ce n'est pas la peine de gaspiller ton eau de toilette. Ça ne prend pas avec moi.

– Mais non ! Je te jure que je ne me suis pas parfumée. Enfin si, mais pas à la violette. Sens-moi, si tu ne me crois pas.

Et d'offrir sa gorge en gage de sincérité. Le garçon ne se fit pas prier. Il se pencha sur le cou et la chevelure à la délicieuse fragrance… de rose, de l'adolescente. Il fut si troublé par la tiédeur de l'intimité de cette gorge à la peau de satin, qu'il faillit ne plus pouvoir s'en détacher. Il finit quand même, quelques secondes plus tard, par se redresser.

– Je confirme, dit-il, un sourire d'ange aux lèvres.

– Moi, je dis que c'est la fille aînée ou alors la mère de la famille assassinée qui approche, estima Cédric.

– Ou la fille du comte Dracula, persifla Valentin. Il paraît qu'on l'a vue traîner dans le coin, certaines nuits de pleine lune.

Son compagnon répliqua par un rire sadique et en montrant les dents. À cet instant, un courant d'air glacé balaya le hall. De quoi flanquer la chair de poule à une statue grecque.

– Et ça, c'est quoi ? lança Cédric.

– Un courant d'air, répondit laconiquement son copain. Bon, on ne va peut-être pas rester plantés là toute la nuit.

– Ce sont les fantômes, vous croyez ? demanda Zoéline, jouant les bécasses effarouchées.

Valentin n'eut pas envie de lui retourner une remarque vexante. Il avait l'esprit absorbé par une autre préoccupation, relevant moins de la pensée que de la sensation. C'était puissant et diffus à la fois, dérangeant au possible… C'était une sensation de présence.

Cédric rompit brutalement le silence qui s'était instauré :

– Montons à l'étage !

– Oh oui ! Allons-y ! approuva Zoéline en applaudissement niaisement.

– Ça suffit, Zoéline, on a compris ! la rabroua Valentin.

Elle le dévisagea.

– Oho ! Ne me dis pas que tu as la trouille ?

Il étira un sourire cruel.

– C'est bizarre, c'est comme si quelqu'un était en train de… de s'emparer de mon esprit. J'ai… oh oui, j'ai des envies de meurtre. C'est le tueur… Gnan, gnan, gnan ! Le tueur s'empare de ma volonté. Rhaaaa !

Il attrapa sa camarade à pleins bras, comme pour la mordre au cou. Elle poussa un cri mêlé de rire.

– Bon, ça y est les mioches, on a fini de batifoler ? maugréa le troisième larron. On peut continuer l'exploration ?

– Oui, oui, fit Valentin bien content d'avoir pu à nouveau humer le délicat parfum de rose de la gorge de leur copine.

Tout en gravissant les marches du grand escalier, elle lui glissa :

– Je te préviens, Valentin, si tu me transformes en vampire, tu devras me supporter une éternité.

Il éclata d'un rire franc et sonore qui résonna à travers toute la maison. C'est alors qu'une porte claqua violemment au-dessus d'eux, les figeant de stupeur au milieu de l'escalier.

4

Seul face à la peur

– C'était quoi ? demanda Valentin à mi-voix.

– À mon avis, quelqu'un n'a pas apprécié que tu l'aies réveillé, répondit Cédric.

– À tous les coups, c'est un squatteur.

– Ça m'étonnerait. Il serait entré comment ?

Comme en réponse, des profondeurs du couloir qui s'enfonçait dans l'obscurité de l'étage, des lattes de parquet gémirent, suggérant qu'un habitant des lieux approchait, sans hâte et d'un pas régulier.

– Et si c'était le gardien ? s'interrogea Valentin à voix haute.

– Impossible, il n'y en a pas. Ne bougez pas, je vais voir.

– Mais…

– Y'a pas de mais ! Attendez-moi en bas dans le hall. Je ne risque pas de me perdre.

La conscience troublée par un mauvais pressentiment, Valentin redescendit l'escalier avec Zoéline qui ne disait plus un mot, mais lui étreignait le bras avec force. Durant un moment, ils entendirent les pas de leur compagnon progressant interminablement dans les entrailles de la maison. Puis tout d'un coup, cela cessa.

– Cédric ? Ça va ? s'enquit Zoéline.

La voix de l'adolescent ne tarda pas à résonner, bizarrement lointaine, comme s'il était entré dans une pièce tout au fond de la maison :

– Oui. Je vois quelque chose… Oh non ! C'est… Vous êtes le… le père ? Qu'est-ce que vous faites ? Oh non ! Non ! Pas ça ! Aaaaah !

Il y eut un brusque grincement de gonds, suivi d'un violent claquement de porte. Le silence s'abattit alors, comme une pierre tombale sur un caveau. Tétanisé, souffle coupé, Valentin avait l'impression que ses pieds étaient coulés dans le béton.

– À ton avis, qu'est-ce qui s'est passé ? demanda Zoéline.

– Je ne sais pas. Cédric ? Réponds, s'il te plaît !

– Va voir, Valentin, je reste là !

– Oui, enfin, non. On ne devrait pas se séparer.

– J'ai trop peur, je préfère rester dans le hall.

– Tu n'as pas de lumière…

– Vas-y je te dis ! insista-t-elle en le poussant.

N'étant plus en mesure d'analyser sereinement la situation ni le comportement de son amie, qu'il trouvait pour le moins irrationnel, Valentin remonta à l'étage, jetant plusieurs fois un regard vers Zoéline, transie de peur. En même temps que son cœur, son imagination s'emballa, lui faisant envisager un affrontement à mains nues avec l'individu qu'ils avaient eu le malheur de déranger. Il prit pied sur le palier puis avança prudemment dans le couloir, le chandelier brandi au-dessus de lui. Il constata avec surprise que son copain n'y était plus, et que la première porte qu'il tenta d'ouvrir à droite était fermée à clé... Il en était de même pour la suivante.

Une voix caverneuse aux échos lointains s'éleva, lui flanquant une nouvelle fois la chair de poule. C'était des mots inarticulés, ou bien dans une langue inconnue, en tout cas incompréhensibles. Mais avec certitude cela ressemblait à une lamentation humaine.

La peur au ventre, il reprit sa progression. Certaines portes n'étaient pas verrouillées et s'ouvraient sur des pièces obscures et froides… et vides de toute présence humaine. L'idée lui traversa l'esprit que son copain était peut-être en train de lui faire une blague. Pourtant, il y avait eu ces bruits, alors qu'ils se tenaient tous les trois dans l'escalier… Le doute s'accentua, de même que la certitude qu'il allait faire une mauvaise rencontre. Un froissement de tissu dans son dos le fit se retourner d'un coup. Les yeux écarquillés de stupeur, il aperçut au bout du couloir une forme humaine, pâle et bleutée, vêtue de voiles légers, qui traversa rapidement le palier.

– Zoéline ! s'écria-t-il. Tu as vu ce type… enfin, je veux dire cette femme ? En haut de l'escalier !... Zoéline ?

Silence.

– Zoéline, bon sang, réponds-moi !

Protégeant d'une main les flammes vacillantes de son chandelier, il retraversa à grandes enjambées le couloir, tandis que partout dans la maison se produisaient de sinistres craquements, des grincements de gonds et autres murmures propres à susciter l'épouvante du plus rationnel des matérialistes.

De retour sur le palier, il constata que le hall était désert. Il redescendit les marches, appela et chercha Zoéline, sans résultat, si bien qu'il finit par se demander si elle n'avait pas tout simplement pris ses jambes à son cou. Son hypothèse ne tint pas trois secondes, car soudain l'un des battants d'une double porte du rez-de-chaussée, à sa gauche, s'ouvrit à la volée. Un appel languissant en jaillit :

– Valentin ! Je suis là... Valentin !

C'était Zoéline. Un moment, l'adolescent resta figé d'incompréhension et d'effroi au milieu de ce vestibule, luttant contre l'envie de hurler et de fuir à toutes jambes. À nouveau, un courant d'air glacé vint lui lécher le visage et faire trembler les fragiles petites flammes de son chandelier. Il s'enhardit à avancer jusqu'à la porte qui venait si mystérieusement de s'ouvrir, mais il resta prudemment planté à l'entrée. Devant lui, s'étendait une vaste bibliothèque, richement meublée. Au fond, un bureau de style Empire, placé devant une magnifique cheminée de marbre, était à lui seul une enviable pièce d'antiquaire.

– Zoéline ? Tu es là ? appela-t-il à voix basse.

Un ricanement lui répondit, quelque part dans les hauteurs sombres de la pièce. Et ce n'était pas une voix féminine. Après une longue hésitation, il finit par se décider à avancer. Quand soudain, la porte se referma en claquant dans son dos, soufflant les bougies de son chandelier. Plongé dans une obscurité quasi complète et dans l'impossibilité de rallumer les bougies, il sentit la panique l'envahir, incontrôlable, viscérale, instinctive… animale. Puis tout d'un coup, il craqua. Lâchant son chandelier qui émit un bruit sourd en rebondissant sur un tapis, il se jeta sur la porte, l'ouvrit, se rua dans le hall et la voix brisée d'émotion s'écria :

– Zoéline ! Cédric ! Revenez !

C'est alors que survint l'incroyable…

5

L'ultime surprise qui défrise

Non, il ne se réveilla pas dans son lit, bouleversé par un cauchemar horrible. Et s'il était en nage et haletant, c'était réellement et en toute lucidité. Suffoqué d'incompréhension, il vit sortir à droite, à gauche, en haut de l'escalier, des gens hilares ou souriants qui l'applaudissaient comme s'il avait accompli un exploit. Parmi eux, il identifia immédiatement son copain Cédric et la jolie Zoéline, qui étaient littéralement pliés en deux de rire. Plus surprenant encore, approchaient également son père et sa mère, à la joie beaucoup plus maîtrisée. La lumière vive qui avait soudain envahi le hall l'obligeait encore à plisser les paupières.

– Surprise ! Vous passez à la télé ! s'exclama un grand type affublé d'une énorme moustache grisonnante.

– T'as été piégé, mon vieux ! annonça Cédric en venant lui taper amicalement l'épaule. C'est pour l'émission de la caméra cachée, “ Surprise ! Vous passez à la télé ! ”

Les neurones de l'adolescent se reconnectèrent et, enfin, lui permirent de comprendre ce que signifiait cette mascarade.

– C'est pas vrai… l'émission sur la 6 ? Oh, les enfoirés ! Oh, les traîtres ! Je me suis fait avoir, mais alors… comme il faut.

Il se passa les deux mains sur le visage, secoua la tête. Non, il ne rêvait pas. Cette chasse aux fantômes nocturne était un coup monté par ses plus proches amis.

– Et vous étiez aussi dans le coup ? dit-il, s'adressant à ses parents.

Parvenant difficilement à dissimuler une anxiété toute maternelle, sa mère esquissa une mimique d'approbation, et son père expliqua :

– Sans notre autorisation, ça n'aurait pas été possible.

– Vous vous rendez compte que j'ai frôlé la crise cardiaque !

– Ça fait un mois qu'on hésite, tu sais. Mais nous avons estimé que tu avais assez de cran pour encaisser une telle expérience. Nous avons eu tort ?

– Sûrement pas ! Mais je vais attendre un peu avant de vous remercier de m'avoir fait vivre la frousse de ma vie.

Le moustachu s'approcha pour serrer chaleureusement la main de sa victime du jour ou de la nuit plus exactement :

– Ça va, mon garçon ? Tu t'en remettras ?

Il n'avait pas besoin de se présenter, la France entière le connaissait pour sa capacité machiavélique à duper même les esprits les plus méfiants. Il s'appelait Florian Marchal, animateur et producteur d'une émission mensuelle de caméra cachée, dont la vocation était de piéger, non pas des personnalités connues, mais des quidams de tous milieux et de tous âges, avec la complicité de leurs proches. Les nombreux autres hommes et femmes présents appartenaient à son équipe technique. Un objectif de caméra se positionna tout à coup devant la jeune victime. Florian Marchal commença une interview à chaud :

– Avouez, Valentin, qu'au moins pendant quelques instants, vous y avez cru à cette histoire de fantômes ?

– Cru ? Non ! Enfin… je ne sais plus. Ça s'est passé si vite, comme dans un rêve.

Il se tourna vers son copain pour demander :

– Toi, je te retiens. Comment as-tu eu cette idée ?

– Tu te souviens quand on a voulu se faire une soirée Horror zombies show ? C'était tellement nul qu'on a voulu changer de chaîne. En regardant le programme dans TV-prog, j'ai vu que ce même soir, il y avait l'émission de M. Marchal. Et toi qui me dis comme ça : « Pour avoir une vraie trouille de chez Trouille, il faudrait une histoire vraie, comme celle de la Maison de l'horreur. » Dès le lendemain, j'ai envoyé un mail à l'émission. Les détails, on a toute la vie pour se les raconter.

Le grand blond se tourna alors vers un homme, resté à l'écart, la mine sombre, visiblement impatient que cela se termine et qu'il puisse enfin aller se coucher. Il se tenait légèrement voûté, mains croisées dans le dos, se balançant d'un pied sur l'autre.

– Je te présente monsieur Mathios… le voisin, précisa-t-il à voix basse avec un clin d'œil. C'est à lui que la propriétaire de la maison a confié les clés.

– Oui et on peut le remercier ! le coupa Florian Marchal en déclenchant les applaudissements polis de son équipe. D'ailleurs, je crois qu'on va vite libérer ce monsieur qui s'est déjà montré très gentil.

L'homme en question étira un rictus, avec un hochement de tête qui signifiait davantage « magnez-vous de vider les lieux », que « de rien, c'était un vrai plaisir. » Il se déplaça vers la porte d'entrée pour l'ouvrir. Valentin remarqua alors qu'il n'était pas vraiment boiteux, mais avait plutôt la démarche curieusement chaloupée d'un bossu.

Avant que le voisin fût enfin débarrassé de tous ces importuns, il y eut encore des embrassades, des déclarations face caméra, des félicitations, des commentaires et encore des explications… jusqu'à ce qu'enfin la mère de Valentin sonne la fin de la récréation.

– Il est plus de minuit, il faudrait maintenant penser à rentrer.

L'approbation fut générale et tout le monde quitta la maison dans la joie et la satisfaction de l'œuvre accomplie. Même les techniciens furent autorisés à regagner leur hôtel, le chef ayant annoncé qu'ils auraient la journée entière pour démonter tranquillement les installations électriques, électroniques et autres machines à effets spéciaux hautement sophistiqués qui avaient permis de berner ce pauvre Valentin.

Après avoir coupé le courant au compteur situé dans la cuisine, le brave voisin responsable des clés ferma la porte d'entrée. À peine l'eut-il verrouillée, que surgit Valentin. Le garçon le fit sursauter en s'exclamant :

– Attendez, monsieur Mathios ! J'ai oublié quelque chose à l'intérieur.

– Tu reviendras le chercher demain, grommela l'homme.

– Oh non, s'il vous plaît, c'est le chandelier en argent des parents de Cédric. Je l'ai laissé dans la bibliothèque et demain je ne pourrai pas venir avant la fin d'après-midi, je dois aller visiter la tante Agathe, avec mes parents. Si je le récupère tout de suite, vous n'aurez pas à vous déranger demain.

– Mouais, bon… Fais vite.

La serrure claqua à nouveau deux fois. Sitôt la porte rouverte, le garçon se précipita dans le hall plongé dans la pénombre. Il courut vers la droite jusqu'à la bibliothèque. Grâce à la luminosité lunaire qui s'engouffrait dans le hall, il n'eut aucune difficulté à remettre la main sur ce fameux chandelier, dont l'argent massif pouvait susciter la convoitise. Il fit volte-face pour sortir, quand un mouvement sur sa gauche attira son attention. Il scruta l'obscurité… et se figea. Le sang reflua de son visage tandis qu'une onde de frissons lui picotait le cuir chevelu. À quelques pas, se tenait la silhouette blafarde d'une jeune fille aux longs cheveux bruns. Elle était pieds nus et en chemise de nuit. Ses bras croisés serrés contre son corps, comme si elle était transie de froid, elle dévisageait Valentin avec une expression de détresse poignante. Sur le coup, il pensa qu'il devait s'agir de l'ultime surprise qui défrise de Florian Marchal. Mais si c'était le cas, elle battrait le record du plus mauvais goût, car cette apparition fantomatique portait à la gorge une longue estafilade d'où s'écoulait un sang brun-rouge, qui se répandait de façon répugnante sur sa chemise de nuit.

– Salut. Qu'est-ce que tu fiches là ? demanda-t-il néanmoins, en prenant un air faussement naturel.

La réponse mit quelques secondes à venir et quand elle vint, à nouveau son sang se glaça dans ses veines : « Aide-nous. Délivre-nous de ce monstre. Trouve la boîte. Trouve la boîte. » Il recula, horrifié, car ce n'était pas avec son ouïe qu'il venait de capter cette supplique, mais avec son esprit.

– Alors, ça y est, tu l'as trouvé ? s'impatienta M. Mathios depuis le perron.

– Euh… oui, j'arrive !

Le temps de tourner la tête, la fille avait disparu.

6

Dérapage incontrôlé de stylos

De retour à la maison, un coquet pavillon moderne d'un lotissement plutôt tranquille, Valentin souhaita bonne nuit à ses parents, mais d'un air si sombre que sa mère s'inquiéta :

– Ça va, mon chéri ? Tu n'es pas trop contrarié ?

– Contrarié, moi ? Je ne vois pas pourquoi. C'était une expérience vraiment... ébouriffante. Oui, c'est ça, ébouriffante.

– Et unique, ajouta son père. Car j'ose croire que ce type d'escapade nocturne sera la première et la dernière de toute ta vie d'adolescent. N'est-ce pas, mon fils ? termina-t-il avec un regard appuyé.

L'intéressé acquiesça docilement de la tête, songeant qu'en vérité il avait déjà et par trois fois pris la poudre d'escampette par la fenêtre de sa chambre, à l'étage, et couru les rues de la ville avec son diable de complice blond. Cependant, s'il avait toujours envisagé la probabilité de se faire pincer un jour et s'était résigné à accepter d'en subir les conséquences, jamais il n'aurait imaginé que ce pût être dans une telle circonstance.

Épuisé et contrarié, il monta se coucher après une rapide toilette de chat. La vision de la jeune fille transie ne quittait plus sa pensée. Cela semblait même bien parti pour l'obséder jusque dans son sommeil. C'était d'autant plus agaçant qu'il n'avait aucune peine à se convaincre d'avoir été victime d'une sorte d'hallucination. Le choc émotionnel dont il était à ce moment-là à peine remis avait très certainement perturbé sa perception des ombres et des reflets... D'ailleurs, il se souvenait vaguement que dans la bibliothèque certains rayonnages étaient vitrés. Ce n'était donc pas un fantôme qu'il avait vu, mais tout simplement sa propre image transformée par la pénombre et son imagination en adolescente sépulcrale. C'était tellement évident... Pourtant, loin de retrouver paix et insouciance, il ne pouvait s'empêcher de ressasser cette fin de soirée infernale, et de s'étonner de son attitude au moment de franchir avec la bande de farceurs le portail de l'avant-cour de la Maison de l'horreur. Il s'était soudain souvenu qu'il avait laissé le chandelier dans la bibliothèque. Cédric lui avait alors répondu :

« Laisse, c'est pas grave. Je reviendrai le chercher demain. J'ai rien à faire de la journée. »

Comme poussé par un désir impérieux, il avait insisté pour retourner lui-même le récupérer :

« Non, j'y vais.

– C'est pas la peine, je te dis !

– J'y vais, c'est tout ! »

Pour un peu, il se serait montré brutal. La fille mystérieuse l'avait-elle influencé par l'esprit ? C'était tellement inepte qu'il préféra se traiter d'idiot, se tourner sur le côté en ramenant ses couvertures sur lui, et enfin décréter avec autorité :

– Maintenant, ça suffit ! Dors !

Quelques minutes plus tard, en effet, il s'endormit, mais d'un sommeil émaillé de rêves d'angoisse où la fille égorgée en chemise de nuit était chaque fois présente, implorante et touchante.

Un week-end entièrement consacré à la famille, chez ses grands-parents maternels à la campagne, permit au collégien de retrouver un vrai moral de *winner*. Finalement, être la vedette, même involontaire d'une émission de télévision regardée par plus de trois millions de téléspectateurs chaque mois, n'était pas fait pour lui déplaire. Il imaginait déjà, au lendemain de la diffusion, l'accueil qu'on lui réserverait au collège...

– *Ce sera la folie!* assura son copain Cédric qu'il appela le dimanche au crépuscule, avec son mobile, depuis sa chambre.

– C'est drôle que tu emploies ce mot. Je me suis demandé tout le week-end ce que c'était que la folie. Par exemple, est-ce qu'on s'en aperçoit quand on devient fou?

Un silence marqua l'étonnement de son ami.

– *Je ne sais pas. Qu'est-ce que ça peut te faire?*

– Rien. C'est juste que j'ai regardé sur Internet ce qu'on disait sur le sujet et sur ceux qui croient aux fantômes ou aux extraterrestres. Des psychiatres expliquent que certains de ces gens souffriraient d'une maladie mentale, qu'on appelle la schizophrénie.

– *La quoi?*

– Laisse tomber. Bon, on se voit demain?

– Y'a intérêt. Au fait, t'as pondu combien de lignes pour la prof de français ?

Valentin se redressa d'un coup sur son lit. Figé, les yeux écarquillés d'horreur, il lâcha dans un souffle :

– Merde ! J'ai pas fait la rédac.

– Elle est notée, je te rappelle. Tu vas te prendre une belle remontée de bretelles, si tu ne rends pas ton devoir.

– Il est quelle heure ?

– Vingt heures trente.

– Ok. Alors, pas de télé ce soir ni de jeux vidéo. Je te laisse, Cédric… À demain.

– À demain.

– Cédric ?

– Ouais ?

– Même si je deviens fou, un jour, tu ne me laisseras jamais tomber ?

– Attends que je réfléchisse ?... Non. Bonne nuit, vieux fou !

Une fois la communication coupée, le garçon se jeta littéralement sur son bureau, ses livres et ses cahiers. Il relut le sujet du devoir sur lequel, depuis une semaine, il aurait dû avoir planché sérieusement : « Rédigez une conversation entre vous et un camarade sur l'usage et l'avenir du livre électronique ». Il soupira, fatigué par avance, puis s'encouragea mentalement avant d'attaquer le brouillon.

Les trois premières lignes qu'il rédigea d'un jet lui parurent prometteuses. C'est à la quatrième que les choses se compliquèrent. Sa main écrivit : « *En conséquence, le livre* aide-nous Délivre-nous de ce »

– Hé ! Ça va pas la tête ! s'écria-t-il en se redressant vivement.

Il regarda son stylo à bille comme s'il se fût agi d'un diablotin qui lui aurait joué un tour. Il ratura les mots en trop, puis reprit sa rédaction… jusqu'à ce que sa main, de nouveau, échappe à sa volonté : « *Jamais le livre électronique ne pourra remplacer complètement* aide-nous. Délivre-nous de ce monstre ». Son cœur se mit à battre la chamade. Il prit le temps de se calmer, en maîtrisant sa respiration, avant de reprendre son travail. Tout se passa bien ensuite, si bien même qu'il oublia son étrange dérapage incontrôlé de stylo et put achever son texte au brouillon. Le phénomène se reproduisit en plein milieu du recopiage au propre : « *Le livre électronique c'est l'ave* de ous aide-nous. Trouve la boîte la boîte *l'avenir, peut-être pas pour notre génération.* »

Il redressa le buste, souffle coupé, pensée figée, mais le cœur comprimé entre les mâchoires d'un étau de cauchemar.

– Ça y est, je suis schizo. Maman, papa, au secours, je deviens fou !

Il avala sa salive, puis tenta une expérience. Il posa sa main droite sur sa copie, la pointe de son stylo positionnée en début de ligne. Durant une minute pleine, la bille ne traça que les griffures provoquées par les tremblements de ses doigts. Puis tout d'un coup, une autre volonté que la sienne écrivit avec violence et d'une écriture saccadée : « Puisque tu m'as vue, tu ne peux plus nier. Tu ne dois pas. Trouve la boîte. Le monstre délivre-nous du monstre. »

Les larmes affluèrent aux yeux de l'adolescent.

– Mais quelle boîte ? Où ?

Et la main écrivit : « Je ne sais pas. »

7

Chez M. Mathios

Le lendemain, en cours de français, Valentin n'avait pas à rougir du devoir qu'il remit au professeur. Pourtant, il avait le moral dans les chaussettes, et cela se vit.

Hum, vous avez une petite mine, déclara l'enseignante en début de séance.

– J'ai mal digéré mon week-end, répondit le garçon.

Assis à sa droite, sur la même table, Cédric pouffa.

– Je suis au courant, lâcha la prof d'un air détaché.

Valentin se figea. Cela signifiait que tout le collège était déjà au courant de sa « Surprise, vous passez à la télé ! ». Il se pencha vers son copain pour lui murmurer :

– Je te casse la tête à la récré.

En vérité, il se sentait trop las pour seulement l'attraper par le col et le menacer des foudres de l'enfer. Soudain, l'enseignante le fit tressaillir en s'exclamant :

– Valentin !

Puis elle enchaîna, avec un calme précaire :

– Vous voulez bien venir au tableau, s'il vous plaît, écrire le sujet de la rédaction ? J'aimerais qu'on commence par un petit rappel de conjugaison.

Une brusque poussée d'adrénaline fit monter le rouge aux joues de l'adolescent. D'ordinaire, il n'éprouvait aucune difficulté à passer au tableau, il aimait même plutôt cela. Mais ce matin-là, il en redoutait les conséquences. Il fut un instant tenté de faire part de son état de grand accablement, hélas la peur de la mauvaise note, ou pire, de la colle, le retint. Aussi, est-ce en traînant les pieds qu'il obtempéra.

– Bien. Veuillez noter la consigne que je vais vous dicter… Conjuguez dans la phrase suivante le verbe courir…

Valentin posa le marqueur bleu sur le tableau blanc, quand un picotement dans le poignet l'obligea à baisser la main puis à la secouer, comme si le marqueur était usé.

– Que vous arrive-t-il ? s'enquit l'enseignante.

– Rien madame. Vous disiez ?

Sous la dictée, il marqua : « *Conjuguez dans la phrase suivante le verbe cou* monstre. » La classe éclata de rire. L'élève effaça précipitamment ce *monstre* incongru. Et à la place, il écrivit : « trouve la boîte ». Cette fois, madame le professeur s'énerva.

– Vous le faites exprès, monsieur Balista ? Attention, j'ai un sens de l'humour très limité. Effacez-moi ces âneries et…

Elle s'interrompit. Valentin se retourna pour la fixer avec une telle expression de désarroi, qu'elle en fut décontenancée. Il tenait son poignet droit comme s'il était blessé.

– Ça ne va pas, Valentin ?

Il laissa choir le marqueur, puis articula d'une voix cassée par l'émotion :

– Est-ce que je peux aller à l'infirmerie ? S'il vous plaît.

– Je l'accompagne ! lança Cédric en bondissant littéralement de sa chaise.

Une fois dans le couloir, le grand blond tapa sur l'épaule de son camarade et le félicita en pouffant :

– Alors, là, tu m'as bluffé ! J'ai vraiment cru que tu nous faisais une crise d'aplexipose…

– D'apoplexie, rectifia Valentin. Non, mais c'est pas loin d'être pire. Hier, j'ai…

Il s'arrêta de marcher pour dévisager son copain.

– Tu as… ? demanda celui-ci. Vu des fantômes et ça t'a retourné la tête. Attends, ça arrive tous les jours, ce genre de truc. Viens, je t'emmène chez le docteur. Il va te faire une piqûre et quelques électrochocs et tu verras, tout se remettra en place dans ton QI 175.

Valentin haussa les épaules et renonça définitivement à révéler la teneur exacte de son malaise. Puis il s'interrogea, non sans une petite arrière-pensée : « Et Zoéline, est-ce que, elle, je pourrais la mettre dans la confidence ? », sous-entendu, dans le creux de l'oreille, assis tout contre elle sur un banc public… ?

La journée scolaire achevée, Valentin se donna deux objectifs qu'il se garda d'exposer à Cédric, de peur qu'il lui colle aux baskets : aller interroger M. Mathios, puis rendre une visite de courtoisie à Zoéline.

– Je ne suis pas en forme, je vais rentrer direct à la maison et me mettre au lit avec une bouillotte de glace sur la tête, mentit-il tout en poussant son scooter vers la sortie du collège. Si ça ne t'ennuie pas.

– Pas du tout ! Je te tiendrai la main pendant que je te raconterai un conte à vomir debout. Tu sais, les histoires épouvantables de maître Dégueulis.

– S'il te plaît, je n'ai pas vraiment besoin de ce genre de blague.

Cédric était généreux, affectueux, un peu brut de fonderie, certes, mais assez intelligent pour ne pas s'imposer aux autres plus que de raison. Il donna une tape amicale sur l'épaule de son ami, lui demanda de l'appeler dès qu'il aurait besoin de réconfort et s'en alla sur son propre scooter. Tout en le regardant s'éloigner sur l'avenue, Valentin prit une profonde inspiration, autant de soulagement que pour se donner du courage, puis il sauta sur son engin et fonça en direction de la rue du Commandant Rousseau.

Il se gara bientôt devant le portail de la maison de Gérard Mathios. Sur le pilier de droite, une antique poignée de laiton, reliée à un fil de fer qui longeait en hauteur l'allée d'un jardinet soigneusement entretenu, actionnait une cloche à l'intérieur de l'habitation. Valentin s'accorda quelques secondes pour observer cette dernière. Il n'aurait pas fallu grand-chose pour rendre sa façade, sombre et percée de quatre fenêtres aux volets clos, aussi lugubre que celle de la Maison de l'horreur, toute proche. Le ciel gris de cette fin de journée était en parfaite harmonie avec un tel croupissement de tristesse, et l'adolescent se demandait comment un être humain équilibré pouvait supporter de vivre là-dedans. À moins d'être soi-même frappé de sinistrose chronique.

Il réprima un frisson, puis fit tinter la cloche. Peu après, la porte semi-vitrée s'ouvrit. La silhouette du retraité se découpa sur le perron. Bien qu'il eût très certainement reconnu le jeune homme brun qui se tenait derrière la grille de son portail, il lança :

– C'est pour quoi ?

– Bonjour, monsieur Mathios. Je suis Valentin, le... enfin, la victime, vous savez ?

– Oui, et alors ?

– Je peux vous parler une minute ?

– Tu as encore oublié quelque chose chez les Collinsky ?

– Non. J'aimerais seulement vous demander un renseignement ou deux sur ce qui s'est passé à côté. Vous voulez bien ?

L'homme baissa la tête en portant la main à son menton.

– C'est que... j'ai pas bien le temps là tout de suite. Et puis c'est une histoire tellement ancienne.

– S'il vous plaît ? Je vous promets que je ne vous embêterai pas longtemps.

Le voisin marmonna quelque chose, puis fit signe au jeune homme d'entrer. Il l'introduisit ensuite dans un grand salon qui n'avait certainement pas reçu le moindre visiteur depuis des lustres. Le seul objet un peu moderne de la pièce était une télévision à écran cathodique, devant lequel se trouvait un fauteuil de cuir à demi effondré. Au fond, dans l'ombre, placé devant une grande cheminée au linteau de marbre noirci de suie, l'adolescent remarqua un second fauteuil à oreille, une antiquité qui lui rappela celui du célèbre détective Sherlock Holmes.

M. Mathios l'invita à s'asseoir dans la partie salle à manger, à la table recouverte d'une nappe en dentelle jaunie. Au centre était posée une jatte de fruits, en verre dépoli, vide, aussi vide que devait l'être la vie de cet homme.

– Tu veux boire quelque chose ? Je crois qu'il me reste un peu de grenadine.

– Non, merci. J'aimerais juste en savoir un peu plus sur ce qu'il s'est passé, il y a dix ans.

– Va à la bibliothèque ou mieux à l'agence du journal local...

– C'est fait. J'ai déjà consulté plein d'articles de presse sur Internet, mais je me pose une question : ce père pris d'un coup de folie, vous y croyez, vous ?

L'homme s'installa en bout de table, péniblement, comme s'il était perclus de rhumatismes. Puis il répondit dans un soupir :

– Qui peut savoir ce qu'il lui est passé par la tête ?

– Vous le connaissiez bien, j'imagine.

L'homme releva ses yeux d'un bleu délavé, des yeux au regard fatigué.

– Tu es à un âge où on imagine facilement toute sorte de choses. Qu'est-ce que tu cherches exactement ?

– Ben... (ce fut au garçon de baisser la tête) ce n'est pas tout à fait un hasard si mon copain a monté cette farce avec la télé. On raconte que cette maison est hantée, pour de vrai.

– Elle l'est.

Valentin se demanda si c'était du lard ou du cochon.

– Vous dites ça sérieusement ?

Le regard fixe de l'homme, planté dans son propre regard, ne laissait aucun doute ; il y croyait.

– Vous en avez déjà vu, des fantômes ?

– Bien sûr. C'est pour ça que j'étais totalement opposé à cette... mascarade.

Il prononça ce dernier mot avec une grimace de dégoût. Puis il reprit :

– Mais c'est pas moi le propriétaire. Moi, je n'ai que les clés.

– C'est qui le proprio ?

– La sœur de Vladimir Collinsky, celui qui a décimé sa famille. Après le drame, elle a fait souder tous les volets et renforcer les portes...

– Sauf les soupiraux !

– Même les soupiraux ! Ah, ils en ont vu les gars de la télé pour décoller celui par où vous êtes passés.

Il ne souriait pas en disant cela, paraissant même bouillonner de colère contre l'irrespect de ces intrus.

– Tiens d'ailleurs, il faudra qu'ils reviennent, ils ont oublié de le ressouder, ajouta-t-il en fronçant ses sourcils broussailleux qui avaient curieusement gardé leur brun très foncé, contrairement à sa maigre chevelure grisâtre. Bon, que veux-tu que je te dise de plus ?

– Vous pourriez me parler de cette famille ? La fille aînée, par exemple. Elle avait quel âge quand… ?

– Douze ans. C'était une jolie blondinette, très sage, plus sage que les jumeaux. Ah ces deux-là… de vrais petits monstres. Ils ne savaient pas rester en place plus d'une minute. Mais bon, c'étaient des gosses.

– Elle s'appelait comment ?

– Frédérika.

– Et le père, vous le connaissiez bien ?

– Je les connaissais tous très bien. Nous étions… – ma femme est morte quelques mois après le drame – ma femme et moi étions souvent chez eux. Je faisais des travaux d'entretien. Madeleine s'occupait des petits quand leurs parents allaient s'amuser.

– C'était des fêtards ?

L'homme étira un rictus méprisant :

– Des fêtards, oui, c'est ça. On dit aussi des mondains. Mais bon, ils pouvaient se le permettre. Alors pourquoi s'en priver, hein ? Et puis nous étions là pour garder la maison.

– Et vous, vous aviez des enfants ? demanda Valentin, s'étonnant lui-même de sa question.

– Non, répondit sobrement M. Mathios. Il est peut-être temps que tu rentres chez toi, non ?

– Encore une question. Pourquoi le père a-t-il tué toute sa famille, à votre avis ? On dit qu'il n'avait aucun mobile et on n'a même pas trouvé une explication psychiatrique, rationnelle en tout cas.

– Rationnelle, c'est bien le mot. Bravo, mon garçon.

– Je lis pas mal de bouquins. Vous disiez ?

– Peut-être bien qu'il était possédé.

– Par un fantôme ?

– On dira plutôt un esprit.

– Vous y croyez vraiment ?

– Assez pour ne jamais entrer dans la maison des Collinsky. Et je te déconseille vivement de le faire. Tu pourrais toi aussi y perdre la boule.

Valentin blêmit, déduisant de cet avertissement qu'il pouvait bien être trop tard pour lui. M. Mathios le lorgna avec suspicion, puis soudain il se leva et, saisissant l'épaule du garçon, il prononça :

– Tu n'aurais pas l'intention d'y retourner, au moins ? Tu n'y retourneras plus jamais. Tu entends ? Jamais !

Impressionné, Valentin ne put répondre avant plusieurs secondes. C'est la poigne de fer serrée tel un étau sur son épaule qui le fit enfin réagir :

– Oh non, ça ne risque pas ! Je suis trop trouillard.

M. Mathios acquiesça, puis se rassit, retrouvant son visage naturellement soucieux.

– Par contre, reprit Valentin, je vais continuer ma petite enquête. Je devais trouver un sujet d'exposé pour le mois prochain ; je crois bien que je le tiens, grâce à la farce de mon copain. Est-ce que je pourrai revenir vous voir quand j'aurai besoin de renseignements ?

– Absolument ! J'y tiens. Reviens me voir quand tu veux.

Valentin se leva, remercia cet homme qu'il ne trouvait finalement pas si antipathique, puis s'empressa d'aller retrouver son scooter. Avant de démarrer, il jeta un regard vers la Maison de l'horreur, dont il pouvait apercevoir par-dessus le mur d'enceinte et au travers des arbres décharnés par l'hiver, l'étage supérieur et la toiture d'ardoise. Le vent fit bouger les branchages. Il crut alors, l'espace d'un instant, voir se former dans les jeux d'ombre, des yeux à l'expression menaçante. Il partit en trombe, l'échine parcourue de frissons…

8

Retour dans la Maison de l'horreur

Le changement de décor fut radical et radicalement apaisant. La chambre de Zoéline était un petit coin de paradis, pour filles certes, mais coloré, gai, fleuri… en un mot, rafraîchissant. L'adolescente invita Valentin à prendre place sur un gros pouf oriental, tandis qu'elle-même s'asseyait en tailleur face à lui, à même la moquette, d'un doux vert tilleul. Elle était en jogging blanc et rose, la chevelure rassemblée en queue de cheval sur sa nuque, dégageant un visage que son visiteur trouva encore plus troublant que d'ordinaire. Du coup, il se sentait aussi vaillant qu'un empoté boutonneux pour engager la conversation. C'est donc elle qui prit les devants :

– Cédric n'est pas avec toi ?

– Je lui ai demandé de… Peu importe. Non, il est rentré chez lui et c'est très bien ainsi.

– Et toi ?

– J'avais quelqu'un à voir avant. Je veux dire avant toi.

Zoéline eut un sourire flatté qui mourut sur ses lèvres quand il annonça :

– Je suis passé chez le père Mathios.

– Le voisin de la Maison de l'horreur ? Pour quoi faire ?

– Comme j'ai un exposé à préparer pour le mois prochain, j'ai choisi de parler de l'affaire Collinsky et des légendes qu'elle a inspirées.

– Charmant. Je suis sûre que ta prof de français va adorer.

Valentin esquissa un sourire en coin, imaginant avec délectation l'expression de cette jeune femme un peu « coincée », quand il annoncerait le sujet de son exposé.

– Qu'est-ce que tu lui as demandé ? l'interrogea Zoéline.

– Qu'il me parle de la famille Collinsky, et des circonstances du massacre.

– C'est bien un truc de gars, ça. Et alors, qu'est-ce que tu as appris ?

– Rien.

– Génial !

– C'est pourquoi j'ai décidé de retourner dans la maison. J'aimerais l'explorer, mais cette fois sérieusement, de la cave au grenier.

– Avec Cédric, ce sera difficile d'être sérieux.

– Mouais, je sais.

Zoéline comprenait parfaitement l'origine de l'embarras de Valentin ; mener une telle expédition, sans son inséparable géant blond d'acolyte, était inconcevable. Une idée lui vint brusquement :

– On pourrait peut-être y aller tous les deux ?

L'étonnement qui se lut sur le visage de son ami la fit rire.

– Ne fais pas cette tête, je ne suis pas en train de te proposer une sortie en amoureux. Juste une balade, en tout bien tout honneur. Mais à Cédric, on fera comme si…

– Comme si quoi ?

– T'es benêt à ce point ou tu fais semblant de l'être ?

– Ok, on fera comme si... Mais tu n'as pas peur de retourner dans cette bicoque ?

– Si c'est de jour, non. Par contre, avec toi ? Voyons que je réfléchisse… Encore moins ! s'exclama joyeusement Zoéline.

– Il est possible qu'elle soit vraiment hantée, tu sais.

– Oh là là ! J'en frissonne d'avance ! Tu n'auras qu'à me prendre dans tes bras si j'ai peur. Quand est-ce que tu veux qu'on y aille ?

– J'avais pensé mercredi après-midi, disons, vers quinze heures. Cédric a son entraînement de taekwondo. Je n'aurai même pas besoin de lui raconter un bobard.

Zoéline approuva, puis devint songeuse. Cette expédition la faisait frémir d'excitation, certes, mais la mettait mal à l'aise aussi, parce que cette maison lui donnait vraiment la chair de poule.

À l'heure convenue, le mercredi suivant, Valentin passa prendre sa compagne chez elle. Il lui proposa de l'emmener sur son scooter, ce qu'elle accepta avec un bel enthousiasme, l'enlaçant même à pleins bras. Le garçon pensa : « Si mes copains me voyaient, ils en tomberaient raides. »

Une fois au pied du mur, sous le passage aux tessons arasés, l'appréhension remplaça l'excitation. Leur casque enlevé, les deux amis se considérèrent mutuellement.

– Tu es sûre que tu veux venir avec moi ? demanda Valentin.

– Tu es sûr que tu veux que je vienne avec toi ?

Ils rirent, puis Valentin fit la courte échelle à sa compagne afin qu'elle se hisse au sommet du mur. Il la rejoignit de l'autre côté, puis expliqua :

– On va passer par le même soupirail que la première fois.

– Tu as une corde pour descendre dans la cave ?

– Oui, dans mon sac à dos, et des lampes électriques. J'ai même pensé à prendre des piles de rechange.

– Parce que tu crois qu'on va rester combien de temps là-dedans ? Cette baraque me fiche la chair de poule.

Valentin jeta un regard vers la maison qui, sous la grisaille de cet après-midi bruineux, donnait effectivement davantage envie de tourner les talons que d'approcher. C'était doublement vrai pour lui qui éprouvait avec une acuité aussi étrange que prégnante la souffrance des âmes prisonnières de ces lieux.

– On y va ? lâcha-t-il comme s'il était déjà pressé d'en finir.

Avant peu, ils avaient ôté la plaque du soupirail, simplement maintenue par des fils de fer. Ensuite, ils accrochèrent au pommier la corde amenée par Valentin, et ils purent enfin se laisser glisser dans la geôle transformée en réserve à charbon.

– Qu'est-ce qu'on doit chercher ? s'enquit Zoéline en allumant la lampe de poche que Valentin venait de lui remettre.

– Je n'en ai pas la moindre idée.

– Tu crois qu'il y aura des traînées de sang sur les murs ?

– Possible. Les jumeaux ont été poignardés dans leur lit.

– Quelle horreur !

– La mère a été tuée dans la salle de bain, noyée dans sa baignoire. Quant à Frédérika, il me semble avoir lu qu'elle a été retrouvée égorgée dans un placard, à l'étage, où elle avait dû se réfugier.

– Je n'arrive pas à comprendre comment un père peut assassiner de sang-froid toute sa famille ? Et de cette manière en plus !

– Il faudrait interroger un psychiatre. Dans ce genre de crime, il y a toujours une raison, la ruine, la perte d'un boulot… le désespoir en tout cas. Ce qui est bizarre dans cette affaire, c'est que c'était une famille parfaitement heureuse. Le père n'avait aucune espèce de problème. Tout lui réussissait… Sortons de là, tu veux bien ?

Il prit les devants pour franchir la grille de la cellule. Tout en gravissant l'escalier raide menant au rez-de-chaussée, Zoéline se hasarda à suggérer :

– C'était peut-être un crime commis par quelqu'un d'autre.

– La porte d'entrée était verrouillée de l'intérieur, avec la clé dans la serrure. Idem pour celle de l'arrière. Toutes les fenêtres étaient fermées et les volets clos, parce que c'était l'hiver et le soir quand c'est arrivé. Les flics n'ont trouvé aucune trace d'effraction, pas d'empreintes digitales suspectes, pas d'ADN étrangers… rien !

Dans le corridor reliant la cuisine au vestibule, ils choisirent de diriger leurs pas vers celui-ci. La pâle lumière du jour y filtrait chichement à travers les minces interstices des ouvertures, condamnées par des plaques de fer. Les faisceaux de leurs torches électriques faisaient scintiller la poussière soulevée par leurs semelles.

– Éteignons les lampes, suggéra Valentin.

– Hein ? Sûrement pas !

– S'il te plaît.

Zoéline bougonna, mais obéit. Alors, tout d'un coup, ils purent apprécier l'atmosphère à la fois étrange et angoissante qui régnait dans la Maison de l'horreur.

9

Frissons et claquement de porte

Zoéline s'était rapprochée de Valentin, mais ce n'était pas par jeu ou pour le plaisir de se sentir protégée ; elle éprouvait un réel malaise. Rien de comparable cependant avec ce que ressentait son compagnon.

– Tu entends ? murmura-t-il.

Il lui semblait que partout autour d'eux, à proximité comme dans les plus obscures profondeurs, les murs et les planchers de la maison émettaient des craquements, voire des gémissements. C'était comme si la maison était vivante, comme si elle respirait, d'un souffle rendu irrégulier par une souffrance extrême.

– Non. Tu entends quelque chose, toi ?

– Oui. Enfin, c'est peut-être mon imagination. J'aimerais qu'on monte à l'étage et qu'on explore les chambres pour commencer.

Elle lui prit le bras et, se collant à lui, acquiesça :

– Je te suis, mon prince.

Il ne releva pas l'allusion, mais l'apprécia.

Une fois sur le palier, ils se rendirent tout au fond du couloir face à eux, s'enfonçant dans l'obscurité. Valentin ralluma sa lampe et proposa de visiter chacune des pièces qui serait ouverte. Il ouvrit sans difficulté une première porte ; elle donnait sur une buanderie. Une rapide exploration visuelle le convainquit qu'il n'y avait rien d'intéressant à découvrir ici, hormis des vêtements, des boîtes à chaussures et, sur les étagères en hauteur, des jouets et autres objets du quotidien. L'huis d'en face fut ouvert par Zoéline. C'était une chambre, avec un grand lit ouvert, laissant imaginer que le dormeur venait à peine de se lever.

– Tu veux entrer ? demanda la jeune fille.

– Oui. Je pense que c'était là que dormaient les parents.

Malgré le sentiment dérangeant qui les étreignait d'être des intrus, presque des voleurs, ils pénétrèrent dans la pièce où flottait une odeur d'humidité mêlée d'encaustique rance. Sur une commode, contre le mur face au lit, ils examinèrent des photographies de la famille, radieuse, heureuse, insouciante… C'était poignant, en considération du malheur qui l'avait frappée. Il y avait aussi les grands-parents, le mariage du couple Collinsky…

Zoéline réprima un frisson, puis suggéra :

– On va voir plus loin ?

– Oui, j'arrive, répondit distraitement son compagnon.

Il ne parvenait pas à détacher son regard d'un cadre qui avait attiré son attention. La photo représentait le père, seul, assis devant un chevalet et une toile en cours d'achèvement. Il avait adopté la posture du peintre inspiré, le pinceau tendu à bout de bras vers le paysage bucolique qu'il reproduisait, sa palette posée sur son avant-bras gauche. Valentin se demanda pourquoi cette image lui paraissait insolite. Tout à sa réflexion, il explora la chambre du faisceau de sa lampe, jusqu'à ce que le disque de lumière jaune rencontre un tableau accroché au mur entre les deux hautes fenêtres, représentant le même paysage bucolique que sur la photographie. Il était plutôt réussi, dans un style impressionniste assez classique, sans atteindre la puissance d'un Monet.

– Valentin, tu viens ? l'appela Zoéline depuis le couloir.

Il la retrouva alors qu'elle prenait l'initiative d'explorer une nouvelle pièce.

– Oh mon Dieu, c'était la chambre des petits ! s'exclama-t-elle.

Fascinée et effrayée à la fois, elle découvrait une pièce moquettée, jonchée de jouets de garçon – petites voitures, soldats, épée en plastique... Elle s'approcha des lits jumeaux. Les draps de chacun étaient maculés d'une grande tache brune. Valentin s'apprêtait à rejoindre son amie quand soudain, il fit volte-face. Quelqu'un venait de lui toucher l'épaule ! Du moins le crut-il, car le couloir était désert. Il éteignit sa lampe puis, durant plusieurs secondes, fouilla la pénombre du regard, s'attendant à voir se matérialiser le spectre de Frédérika. Cette seule pensée suffit à lui flanquer la chair de poule. C'est alors que la porte de la chambre des jumeaux claqua violemment, faisant trembler les murs. Valentin ne sursauta pas, mais cela lui contracta si violemment l'estomac et les poumons qu'il en émit un hoquet d'asphyxie.

Zoéline, à l'inverse, poussa un véritable hurlement. Elle se jeta sur la poignée de la porte pour l'actionner et tirer et secouer. Sans résultat. L'huis demeura clos, verrouillé à double tour.

– Valentin ! s'écria-t-elle. Tu te crois drôle ? Arrête ça ! Tu entends, Valentin, lâche cette porte !

Mais Valentin ne tenait pas la porte.

– Zoéline, je te jure que j'y suis pour rien. C'est sûrement un courant d'air.

– C'est ça, fiche-toi de moi.

– Mais non, c'est vrai, crois-moi ! Elle s'est fermée toute seule !

Il y avait tant d'émotion dans sa voix que la jeune fille fut prise d'un doute. Et en effet, l'adolescent tentait de son côté, sans succès, de rouvrir cette maudite porte.

– Je vais essayer de l'enfoncer, décida le garçon. Recule !

Bien qu'il n'eût jamais brillé au rugby pour bousculer les lignes adverses, il se sentait capable de faire sauter cette serrure qui n'avait d'ailleurs pas l'air si solide. Il se concentra, crispa les muscles tout en serrant, poing fermé, son bras droit replié contre sa poitrine… À nouveau le sang reflua de son visage.

Frédérika était là, plantée au milieu du couloir, à quelques pas de lui, immobile et désespérée.

10

Vision de cauchemar

La confrontation silencieuse dura plusieurs secondes qui comptaient pour des minutes. Ce sont les coups de pied que Zoéline donnait dans la porte qui firent réagir l'adolescent.

– Oui, je… je vais chercher quelque chose pour... Ne bouge pas.

– Ne bouge pas ! Tu te fiches de moi, en plus ?

– Zoéline, je t'en supplie, ne t'inquiète pas. Je vais te sortir de là. Il me faut juste un peu de temps… du temps.

Inquiétée par la voix mourante de son compagnon, la jeune fille demanda :

– Valentin ? Ça va ?

N'obtenant aucune réponse, elle crut qu'il était effectivement parti chercher un outil, genre hache ou pied-de-biche. N'étant pas de nature trop peureuse, elle décréta qu'elle devait se calmer et prendre son mal en patience. La vérité était que Valentin se tenait toujours juste derrière la porte. Pourtant, il n'était plus là…

Car ce que son esprit voyait, avec la précision du réel, était le couloir généreusement éclairé par la lumière du dehors qui s'engouffrait par les fenêtres du vestibule. Le parquet luisant était impeccablement ciré. Il y eut soudain des rires d'enfant. Valentin tourna la tête, car cela venait de derrière l'huis où l'instant d'avant tempêtait Zoéline. Il frissonna lorsque la porte s'ouvrit. Un garçonnet en pyjama bleu, de huit ans environ, qui s'apprêtait à sortir, regardait vers les lits jumeaux. Sans relâcher la poignée de la porte, il s'adressa à son frère qui était juché sur l'un des lits, un traversin entre les mains :

– Je te préviens, Joachim, si tu recommences, j'appelle maman ! Et alors là, ça va barder pour ton matricule.

– Si tu fais ça, je ne te parle plus jusqu'à… jusqu'à la Saint-Glinglin !

L'enfant referma la porte pour retourner se coucher, supposa Valentin, après une rude bataille de polochon. Il ferma les yeux un court moment, puis les rouvrit d'un coup, espérant que cette hallucination aurait disparu. Mais rien n'avait changé. C'est alors qu'à nouveau le battant pivota sur ses gongs en émettant un léger grincement. Il y eut ensuite un moment de confusion et quelques échanges de paroles, dont Valentin ne parvenait pas à comprendre le sens. C'était comme dans un rêve où tout est net et confus à la fois. Puis soudain, des coups, d'horribles coups sourds résonnèrent dans la chambre. On eût dit que les enfants frappaient leur oreiller avec le poing. L'un deux poussa un cri strident, aussitôt étouffé… et à nouveau ces chocs mous.

Valentin n'osait comprendre ce que l'évidence imposait à sa conscience horrifiée. Il franchit le seuil de la chambre et découvrit un tel spectacle de sang qu'il en eut un hoquet de nausée. Il recula, le souffle coupé, voulut fuir dans le couloir, mais passant devant une porte ornée d'une plaque fantaisie signalant la salle de bain, il s'immobilisa. De l'autre côté, une femme s'exclama :

– Les jumeaux, ça suffit les cris et les galopades ! Si vous ne voulez pas être privés d'histoire, faudra vous calmer !

C'est alors que l'huis s'entrebâilla, très lentement. Tétanisé, les yeux écarquillés de stupeur, Valentin découvrit, lui tournant le dos, une grande femme s'apprêtant à prendre son bain. Une serviette nouée autour du buste, elle se tenait tout près de la baignoire remplie d'une eau bleutée et fumante. Elle était en train de dénouer avec beaucoup de grâce sa longue chevelure châtain clair. Elle se tourna vers Valentin et son sourire se mua en une expression d'étonnement mêlé d'inquiétude.

– C'est toi ? Mais… Qu'est-ce que tu fiches ici ? Tu devrais être parti depuis longtemps ?

Comme si elle devinait un danger, son inquiétude vira à la peur panique. Elle poussa un cri et la porte claqua au nez de Valentin qui ne put suivre la suite des événements qu'à l'oreille. Cela lui suffit pour imaginer la scène. L'intrus s'était rué sur la malheureuse. L'ayant saisie au cou, il la renversa dans la baignoire, puis la maintint sous l'eau, jusqu'à ce qu'elle cesse de se débattre et d'émettre de dérisoires appels à l'aide transformés en gargouillements de bulles, jusqu'au silence… à l'immobilité. Mu par l'instinct de protection, Valentin poussa la porte et entra dans la salle de bain. Il était trop tard, la femme gisait, inerte, immergée dans la baignoire, ses yeux grands ouverts n'exprimant plus qu'une étrange tristesse. L'adolescent fit volte-face et se retrouva, pour ainsi dire, nez à nez avec une jeune fille qu'il reconnut sur-le-champ.

– Frédérika ? murmura-t-il.

En guise de réponse, l'épouvante déforma le visage de la jeune adolescente. Elle appela sa mère, mais bizarrement n'entra pas dans la salle d'eau. Elle fixait Valentin comme s'il avait été le meurtrier surpris en pleine action. Tout en reculant dans le couloir, elle balbutia :

– Qu'est-ce que tu as fait ? Pourquoi tu… Oh non, s'il te plaît, laisse-moi.

Elle recula encore, implorante et en larmes. Valentin s'avança, écarta les mains en un geste d'apaisement :

– Mais voyons, je ne te veux aucun mal.

Frédérika tourna soudain les talons et s'enfuit vers le hall. Le garçon eut à nouveau un bref moment de confusion. Il eut le réflexe de la suivre, comme pour la rattraper, mais il trébucha et tomba sur le parquet. Il entendit alors Zoéline s'écrier :

– Valentin ! Au secours ! Valentin, je t'en supplie, sors-moi de là !

Il se releva et constata à son grand étonnement qu'il occupait exactement la même place qu'au début de l'hallucination. Zoéline cognait à coups redoublés sur la porte de la chambre des jumeaux, mais il ne parvenait pas à réagir, groggy d'effroi. Il tenta de reprendre ses esprits en secouant la tête, et ce fut le spectre blanchâtre de Frédérika qu'il vit à nouveau planté devant lui. Il se raidit, et s'inquiéta, car le visage de l'adolescente exprimait la colère, sans doute même la haine.

– Libère ma copine ! lui ordonna-t-il.

– Libère-nous du monstre ! ordonna-t-elle sèchement.

– Comment veux-tu que je fasse ça ? Je ne suis pas exorciste.

L'idée lui vint que c'était peut-être une solution, mais il la rejeta aussitôt, se rappelant qu'un prêtre exorciste intervenait pour chasser les démons, pas les criminels.

– Trouve la boîte, reprit Frédérika.

Elle fit alors quelque chose qui glaça le sang du garçon. Elle parut soudain entendre un bruit derrière elle, et celui-ci lui inspira une véritable peur panique.

– Il ne doit pas te trouver ici. Va-t'en ! Va-t'en vite !

Elle émit un gémissement si aigu qu'il n'en était plus humain. On eût dit qu'elle miaulait de douleur. Et soudain elle se figea pour fixer Valentin :

– Il arrive ! Pars ! Pars ! cria-t-elle.

Le garçon se demanda si le spectre s'adressait à lui, ici et dans le présent, où s'il mélangeait le réel avec la scène qui avait précédé sa mort, lorsque son père s'était jeté sur elle pour l'égorger. Puis l'instinct du danger prit le dessus sur la raison. Il colla son épaule contre la porte de la chambre des jumeaux, donna un premier coup de boutoir. Le bois craqua. Il actionna la poignée et… le battant s'ouvrit !

Zoéline, libérée, se jeta en pleurs dans ses bras.

– Pourquoi tu m'as fait ça ? Pourquoi, Valentin, pourquoi ?

Il l'enlaça, puis murmura :

– Je n'y suis pour rien, je te le jure.

11

La mort attaque

Zoéline se calma vite, sans doute un peu trop pour que Valentin ne la soupçonne pas d'en avoir rajouté. Il prit alors une initiative que, même dans ses rêves les plus fous, il n'aurait pas osé envisager : il l'embrassa sur le front. Elle réagit en se détachant de lui et en le dévisageant à la fois surprise et offusquée :

– Qu'est-ce qui te prend ?

– Euh… Pardon, c'était… juste comme ça.

– On ne t'a jamais dit que c'était mal de profiter de la détresse des gens ?

Il esquissa un sourire, puis déclara :

– Je ne recommencerai plus, je te le promets.

– Il ne faut jamais promettre ce qu'on sait ne pas pouvoir tenir.

– D'accord, j'ai compris. La prochaine fois, je t'enverrai une demande d'autorisation en trois exemplaires.

– Exactement ! Et dix jours avant, je te prierai.

Ils se sentaient plus détendus, pas tout à fait tranquilles, mais beaucoup mieux... si bien même, que Valentin aurait bien à nouveau profité de la détresse de Zoéline.

– Qu'est-ce qui s'est passé à ton avis ? demanda-t-elle.

– Ça fait dix ans que personne n'a ouvert cette porte, tu sais. Pas étonnant qu'elle soit restée coincée.

– Mouais... On dira que c'est ça. On va où maintenant ?

– J'aimerais retourner dans la bibliothèque, proposa Valentin.

– Et les autres chambres, non ?

Le garçon frémit à cette évocation. Il n'avait aucune envie d'en savoir davantage sur la scène des crimes, du moins pas cet après-midi-là.

– Une autre fois. Redescendons.

– Il ne faut pas rester ! Pars ! Vite, il arrive ! lança dans son dos le spectre de Frédérika.

Il jeta un regard en arrière, mais c'étaient les jumeaux qui se tenaient au milieu du couloir, côte à côte, les bras ballants. Leur pyjama était maculé de plusieurs énormes taches sombres et, plus écœurant encore, ces taches immondes s'agrandissaient comme si les enfants venaient d'être frappés par le poignard meurtrier.

– Zoéline, regarde ! s'exclama Valentin.

Il orienta le faisceau de sa lampe vers les petits fantômes, dont les silhouettes s'estompèrent puis disparurent dans la lumière électrique.

– Oui, qu'est-ce qu'il y a ?

– Les… Non, rien.

Peu après, les deux amis retrouvaient le grand hall au dallage noir et blanc. C'est en se dirigeant vers la bibliothèque, à leur gauche, qu'ils eurent une nouvelle poussée d'adrénaline. Cette fois à cause d'un bruit du côté de la cuisine.

– T'as entendu ça ? chuchota Zoéline.

– Oui. Un courant d'air qui a fait taper une fenêtre.

– Il n'y a pas de courant d'air dans cette maison. C'est d'ailleurs ce qui t'a valu ta première trouille, quand on t'a piégé avec la télé. Le plus drôle, c'est que c'est moi qui en ai eu l'idée…

– L'idée ?

– Celle du courant d'air glacé. Les techniciens ont mis toute une journée, rien que pour installer le système qui a permis d'envoyer l'air froid à travers le hall, sans que tu puisses entendre le moindre ronflement de climatiseur. Ils sont vraiment...

Elle s'interrompit, car des gonds gémissaient dans le corridor, ceux de la porte de la cave.

– Allons nous planquer dans la bibliothèque, chuchota Valentin.

À pas de loup, ils se réfugièrent dans la grande pièce pour, lampes éteintes, se coller une oreille contre l'huis, chacun sur un battant de la double porte. Après quelques secondes de silence, leur parvint une sorte de râle très grave. Ensuite, presque inaudibles, il y eut des bruits de frottements, comme ceux que produiraient sur le sol les pas traînants d'un homme épuisé. Zoéline se rapprocha de son compagnon.

– Il y a quelqu'un dans la maison, il n'y a plus de doute ! affirma-t-elle.

Valentin songea à Gérard Mathios, mais rejeta l'hypothèse, car dans ce cas ils auraient obligatoirement entendu le claquement de la serrure de la porte d'entrée, sans compter qu'il ne se déplacerait certainement pas sans lumière. La voix qui résonna à cet instant dans le hall, lui confirma qu'il n'avait pas affaire à un type… normal. C'étaient des mots à peine articulés, avec une résonance caverneuse. Et cela disait :

– Vous allez mourir !

– Valentin, j'ai peur, gémit Zoéline.

Le garçon n'en menait pas large lui non plus, et l'eût sans doute avoué, s'il n'avait eu la gorge complètement nouée. Il plaqua son oreille encore plus fortement contre le bois de la porte. Il eut alors la conviction que l'être ou la chose approchait. Il se redressa, le souffle court, recula… Soudain, la porte s'ouvrit à la volée. La silhouette noire comme la mort d'un homme encapuchonné se découpa dans l'encadrement. Et elle émit le pire hurlement de folie que Valentin n'avait jamais entendu. Tous ses muscles se tétanisèrent, tandis que Zoéline lui broyait littéralement le bras. Elle le lâcha tout à coup pour s'enfuir. Lui-même recula pour la suivre, s'entrava dans le tapis et tomba à la renverse. Alors, la silhouette obscure se jeta sur lui, tel un gigantesque loup affamé…

12

Le message du père

Assis sur le moelleux tapis de la bibliothèque, une main crispée sur sa poitrine, Valentin était agité d'irrépressibles tremblements nerveux. Sa respiration était haletante et il avait le cœur au bord des lèvres. Quelqu'un le secoua à l'épaule.

– Eh, oh ! Faut te remettre, mec ! C'était juste une blague.

Valentin dévisagea avec colère le grand imbécile blond qui venait de lui causer la pire émotion de sa vie. Pour lui, ce n'était pas *juste une blague*, c'était une ânerie d'une crétinerie abyssale. Quelqu'un s'assit à côté de lui et lui passa une main compatissante et fraîche sur le front. Il reconnut Zoéline, mais fut incapable d'articuler un mot.

– T'es vraiment qu'un sombre crétin, Cédric, dit-elle. Regarde dans quel état tu l'as mis. Est-ce que tu te rends compte qu'il aurait pu claquer ? Ça s'est déjà vu.

Confus, le mauvais plaisantin aggrava pourtant encore un peu plus son cas en jouant les benêts :

– Ben quoi ? J'ai juste relevé ma capuche de jogging et poussé le cri de joie du troll qui passe à table. Franchement, j'pensais pas que vous réagiriez comme ça.

Valentin parvint à articuler une réplique acerbe :

– C'est vrai que tu ne penses pas beaucoup. Zoéline a raison, t'es trop stupide pour imaginer les conséquences de tes blagues d'attardé mental. Aide-moi à me relever…

Cédric, définitivement honteux, s'excusa puis promit :

– Je ne le referai plus. Sur la tête de ce que j'ai de plus cher au monde, je te le jure.

– C'est quoi ce que tu as de plus cher, ton poisson rouge ? ironisa Valentin.

Cédric laissa planer un court silence avant de lâcher :

– Toi.

– Qu'est-ce que tu es venu fiche ici ? l'interrogea Zoéline. On te croyait à ton entraînement.

– En fait, je me suis mis en retard. Et comme l'entraîneur du club s'occupe personnellement des retardataires et que je n'avais pas envie de m'en prendre plein la tronche, j'ai préféré me faire porter pâle. Du coup, je me suis demandé : qui est-ce que je vais pouvoir embêter cet après-midi ? Je t'ai appelé, Valentin, mais ton téléphone était éteint…

– Non, jamais. Je pense que tu as appelé pendant que j'étais dans la cave.

– Ouais, enfin bref, je suis passé chez toi et ta mère m'a dit que tu étais sorti. Je suis venu voir par hasard du côté de la rue du Commandant Rousseau, et j'ai vu ton scooter. J'ai sauté le mur, et comme il y avait la corde pour descendre dans la cave, je suis entré. C'est quand je vous ai entendus parler dans le hall que j'ai eu l'idée de vous faire une petite blague, façon Cédric...

– Façon crétin congénital, rectifia Valentin.

– C'est vrai, j'avoue. Vous étiez en train de descendre l'escalier et... Enfin bref, passons. Tu m'en veux encore ? Et toi, Zoéline ?

– Jusqu'à ta mort ! dit la jeune fille. C'est-à-dire plus pour longtemps, parce que dès qu'on sera sortis de là, je te réduirai en charpie à coups de griffes.

– Et je ne pourrai pas t'en vouloir, admit le garçon avec un geste de soumission. Vous avez trouvé quelque chose d'intéressant, au moins ?

C'est Valentin qui répondit :

– Oui et non. Je crois que ce qui s'est passé ici n'est pas tout à fait ce qu'on a écrit dans les journaux.

– Tu veux dire que ce ne serait pas le père qui aurait massacré sa famille ? demanda Zoéline.

– Si, c'est sûrement lui, mais…

Il pensait que cet homme avait peut-être agi sous l'influence d'un spectre maléfique, qui se serait emparé de son esprit et lui aurait fait commettre ces crimes épouvantables. Mais comment l'évoquer devant ses amis ?

– J'ai une idée ! dit soudain Cédric. Et si on allait interroger le flic qui a mené l'enquête ?

– S'il est encore en poste. Tu sais comment il s'appelle ? demanda Valentin.

– Non, mais je suis sûr qu'en trois minutes sur Internet, on trouvera. Il nous révélera peut-être quelques secrets de l'enquête, des trucs bizarres qu'on ne peut pas dire aux journaux. Vous êtes partant ? reprit-il après un court silence. Et pour me faire pardonner, je vous offre un Coca à la Brasserie Marceau.

– Non, très peu pour moi, déclina Zoéline. J'en ai un peu assez de vos histoires. Et puis je dois rentrer, j'ai des trucs à faire pour le collège.

– Pour moi, c'est Ok, approuva Valentin. Mais je te préviens, Cédric, ce n'est pas seulement un Coca que tu vas me payer, c'est la coupe glacée Gargantua, une crêpe Nutella et peut-être, pour pousser le tout, une gaufre chantilly.

Le géant blond avala sa salive, mais accepta de bon cœur. Il était pardonné.

Au moment de quitter le vestibule, Valentin jeta un regard en arrière. Au cœur de la pénombre, se tenait Frédérika et ses deux frères. Une intuition commanda au garçon de revenir en arrière. Il se raidit en constatant que le fantôme du père était également visible, qui se balançait au bout de la corde attachée en haut de l'escalier. Lentement, le pendu pivota jusqu'à ce que Valentin puisse voir son visage aux traits tordus de douleur. Il n'était pas mort, pas encore. De ses yeux sombres à la pupille luisante, il fixa l'adolescent. Alors, ses lèvres remuèrent. Aucun son ne sortait de sa bouche, mais Valentin put comprendre ce qu'elle prononçait : « *Je ne les ai pas tués. Délivre-nous du monstre. Trouve la boîte. La boîte…* »

– Valentin ? Qu'est-ce qui t'arrive ? s'enquit Cédric en posant une main sur l'épaule de son copain.

L'adolescent sursauta, puis répondit laconiquement :

– Rien. Partons.

13

Le commissaire Lagrange

Obtenir une entrevue avec le commissaire Lagrange n'était *a priori* pas aussi aisé qu'un rendez-vous chez le dentiste... sauf quand on a la roublardise d'un Cédric Maquaire. Après une rude bataille à l'accueil du commissariat avec un agent de police particulièrement zélé, les deux garçons furent introduits dans un bureau qui les saisit d'étonnement. L'officier de police avait mis un soin particulier à l'installer et l'aménager pour qu'il ressemble à celui du célèbre héros enquêteur de l'écrivain Simenon, le commissaire Maigret, c'est-à-dire avec tout le cachet nostalgique des années 1950. Même le gros téléphone à cadran, en bakélite noire, trônait sur un antique bureau de bois.

L'officier, qui était assis derrière sur un vieux fauteuil de bois pivotant, dissimula ce petit sourire de satisfaction que lui provoquait l'étonnement de ceux qui entraient ici pour la première fois. Mais très vite, après un laconique bonjour, il retrouva le froncement de sourcils de l'homme soucieux de la paix publique et accessoirement de son temps.

– Alors, comme ça vous auriez des informations concernant l'affaire Collinsky ? demanda-t-il.

Les garçons échangèrent un regard embarrassé – mimique prévue dans leur scénario, de même qu'il était entendu que ce fût Cédric qui expliquât le but de leur visite :

– Oh, euh… non, monsieur le commissaire ! C'est pas tout à fait ce qu'on a dit à votre collègue, à l'accueil. C'est nous qui avons besoin d'informations. Enfin, juste un truc ou deux.

Le policier émit un inquiétant grondement d'agacement.

– On a lu quelque part que c'est vous qui avez mené l'enquête dans cette histoire…

– Ça fait dix ans ! le coupa le policier. Vous vous doutez bien que depuis, j'en ai connu quelques autres, des affaires de ce genre.

– Comme celle-là, je ne suis pas sûr, intervint Valentin.

– C'est vrai, reconnu l'homme. Bon, et alors ?

Dans son regard aux paupières lourdes, soudainement pensif, il était aisé de deviner que certaines images horribles lui revenaient en mémoire.

– Pourquoi voulez-vous que je déterre cette affaire ? Elle est classée depuis si longtemps.

– Eh bien voilà, monsieur le commissaire, reprit Cédric en se donnant un air sérieux, avec mon copain nous avons un exposé à préparer pour le collège. Le sujet, c'est ce qu'il s'est passé dans la Maison de l'horreur, rue du Commandant Rousseau.

Le commissaire secoua la tête, d'un air mécontent.

– Vous n'aviez pas plus morbide comme sujet ?

– Si, mais on a choisi celui-là parce que Valentin a été piégé par Florian Marchal. Vous savez, l'émission sur la 6, « Surprise, vous passez à la télé ! ».

L'homme dévisagea Valentin et sa figure aux traits marqués par des décennies d'enquêtes et de fréquentation des misères humaines se détendit.

– Ah, voilà pourquoi j'avais l'impression de te connaître ! Il esquissa un sourire un peu moqueur.

Tu t'es bien fait avoir sur ce coup-là, hein ? Qu'est-ce que vous voulez savoir, au juste ?

– Est-ce que grâce à vous on pourrait consulter le dossier de l'enquête ? demanda le garçon blond. Il doit bien avoir été conservé quelque part, et comme ça fait plus de dix ans, c'est un peu comme des archives historiques, non ?

– Sans doute, mais il ne sera pas accessible à des mineurs. Qu'est-ce que vous espérez trouver dans ce dossier ?

– Des informations.

– Sois plus précis.

À court d'argument, Cédric se tourna vers son copain, ce qui clairement désignait celui-ci comme le demandeur le plus concerné.

– Je voudrais juste savoir une chose, annonça Valentin avec une gravité qui n'échappa pas au policier. Quand vous avez mené votre enquête, il n'y a pas quelque chose qui vous aurait frappé, un indice, un truc bizarre qui aurait pu faire penser que… comment dire ?

– Que le tueur n'était pas le père ?

Valentin acquiesça d'un hochement de tête. Le commissaire resta plusieurs secondes silencieux, soucieux, indécis. Jusqu'à ce qu'enfin, il déclare :

– J'ai conservé une copie du dossier Collinsky. Ce n'est pas dans mes habitudes, sinon, je n'aurais pas assez de place ici pour archiver toutes les affaires que j'ai eues à résoudre. Mais cette histoire-là m'a toujours laissé comme un arrière-goût d'inachevé.

Valentin éprouva une émotion inattendue à cette déclaration, comme s'il avait vu se confirmer son intuition. Le commissaire se leva de son siège, dont le bois émit un gémissement d'arthritique, puis il chercha tout en bas d'une armoire à casiers, et tout au fond de l'un d'eux un vieux dossier bistre, peu épais. Son intitulé, au feutre noir sur une étiquette, fit luire les prunelles des adolescents : Affaire Collinsky.

L'homme le posa sur son sous-main de cuir bordeaux, se rassit, puis le considéra quelques secondes, comme pour se donner du courage avant de rouvrir cette boîte aux horreurs. Cédant à l'impatience, Valentin eut l'imprudence de demander :

– Il y a des photos ?

– Je vois, c'est ça qui t'intéresse, les images *trash* ?

– Oh non, je vous jure ! Je pensais surtout à des photos où l'on verrait le père.

L'instinct du policier, aiguisé par trois décennies d'énigmes psychologiques et d'interrogatoires, perça a jour la préoccupation du garçon, d'autant plus facilement qu'il était habité, voire hanté par la même interrogation.

– Tu te demandes quels indices prouvent que le père est bien l'auteur des faits, n'est-ce pas ?

– Je peux vous répondre : il n'y en avait aucun ! s'exclama Valentin. Pas de sang appartenant à ses enfants sur ses vêtements, aucune effraction n'a été commise qui pourrait indiquer une intrusion extérieure… Et sur ses manches, on aurait dû trouver de l'eau du bain dans lequel son épouse a été noyée. Mais non. Rien.

– Fichtre ! Comment as-tu obtenu ces détails ? Ce n'était pas la peine de venir me voir, si tu sais déjà tout.

– J'ai lu… enfin, Cédric et moi, nous avons trouvé le dossier qu'avait écrit un journaliste du magazine « Le Point », à propos de l'affaire. Il était vraiment bien fait.

– Évidemment, puisque c'est moi qui lui ai quasiment écrit son article.

– Par contre, il n'y avait aucune photo de la police scientifique.

Tout en dénouant les liens de tissu du dossier pour l'ouvrir, le commissaire annonça:

– Tu risques d'être déçu.

Il souleva quelques feuillets dactylographiés, puis s'empara d'une pochette dans laquelle étaient rangées des photographies. Il en sélectionna soigneusement quelques-unes, davantage pour faire plaisir à ces deux jeunes curieux, que pour leur apporter une quelconque information inédite. Avec des yeux avides d'enfants à qui on montrerait des photos secrètes du Père Noël, les garçons se penchèrent sur les quelques clichés que le policier aligna devant eux sur son bureau. Il y avait le couloir avec quelques taches de sang sur le parquet, le poignard ensanglanté qui gisait sur le dallage à damier du vestibule, sous le père pendu dont on apercevait les pieds.

Valentin eut brusquement envie de demander:

– Est-ce que vous avez une photo de M. Collinsky?

Et il précisa en regardant le commissaire droit dans les yeux:

– Pendu.

– Oui, mais je ne peux pas te les faire voir, parce que ne sont pas des images à montrer à des enfants.

– Je vais avoir quatorze ans, vous savez.

Cédric vint à sa rescousse :

– Et question macchabée, on en a vu d'autres. On peut même vous dire que dans nos jeux vidéo, ça y va la cervelle décalquée au plafond ou le sang qui gicle sur les murs. Alors vous savez, ce n'est pas un petit pendu qui va nous traumatiser.

– Sans doute mais... Valentin, pourquoi veux-tu voir ça, précisément ? questionna le commissaire.

– Je ne sais pas, avoua le garçon avec une moue de perplexité.

Il y avait quand même une raison, un détail qu'il souhaitait vérifier. Mais il ne tenait pas à la dévoiler, sauf... sauf si le commissaire s'entêtait à vouloir le préserver d'un « choc traumatique ».

– D'accord, je vais t'en montrer une, mais on ne verra le cadavre que de dos.

Sous le regard intrigué du policier, l'adolescent se pencha sur le cliché et le mémorisa avec autant de précision que possible. Il parut approuver de la tête, puis demanda :

– Il y a un truc curieux, mais peut-être que je me trompe.

– Je t'écoute.

– Sur cette photo et celle du couteau, il n'y a pas d'escabeau ni de tabouret, enfin quelque chose sur lequel le père se serait perché pour se pendre. Ça aurait été enlevé ?

Le commissaire s'empara de la photo, passa en revue toutes celles dont il disposait dans ses archives.

– Tiens, c'est vrai, ça. Bien vu, petit.

Il tira de la liasse du rapport dactylographié un feuillet qu'il parcourut rapidement.

– C'est le rapport d'autopsie, expliqua-t-il laconiquement.

Quand il eut déniché l'information qu'il cherchait, son visage prit une expression soucieuse.

– Vous avez trouvé quelque chose ? s'enquit Cédric.

– Non. La mort a bien été causée par strangulation. Ce qui est curieux, c'est qu'il n'est pas fait mention d'une rupture des cervicales, comme on aurait pu s'y attendre s'il s'était jeté dans le vide par-dessus la rambarde pour se pendre.

– Peut-être que si vous faisiez exhumer le corps, suggéra Valentin.

– Il a été incinéré.

L'homme soupira, puis lâcha, d'un air désolé :

– De toute façon, ce n'est pas avec ce genre de constatation qu'on peut rouvrir une enquête.

– Ben non, confirma Cédric.

– Et si moi j'en apportais une, de preuve ? annonça tout à coup Valentin.

– J'aimerais bien savoir comment ! s'exclama le commissaire.

L'adolescent se troubla.

– Non rien, monsieur. J'ai dit ça comme ça, bêtement. On va peut-être vous laisser. On pourra revenir vous apporter notre exposé, si ça vous intéresse ?

– D'accord. Je serai curieux de le lire.

14

Une piste de tous les dangers

Une fois dans la rue, Cédric interpella son copain :

– Tu veux bien m'expliquer quelque chose ? Qu'est-ce que tu as voulu insinuer par « et si j'en trouve une, de preuve ? »

– Écoute, Cédric, je ne peux pas te dire pourquoi, mais je suis sûr et certain que le meurtrier n'était pas le père. Au début j'ai cru que ça pouvait être un fantôme qui aurait pris possession de lui, mais maintenant je suis prêt à parier qu'il y a une autre explication.

– Ah ouais, laquelle ?

– C'est ce que j'aimerais bien trouver, justement. Vladimir Collinsky avait peut-être un ennemi mortel.

Si c'est le cas, quelque part dans la maison, on trouvera la réponse… enfin, je l'espère.

– On pourrait peut-être aller interroger le père Mathios. Il les connaissait bien, les Collinsky.

– Oui, mais je ne sais pas si…

– Pourquoi ne pas y aller tout de suite ? Dans les affaires criminelles, on appelle ça une enquête de voisinage.

Valentin hésita, puis finalement acquiesça, songeant que s'il devait retourner dans la Maison de l'horreur, ce serait le soir même et si possible seul.

M. Mathios se montra particulièrement affable, bien davantage que ce que laissait penser son allure bourrue. Il servit aux garçons un verre de grenadine et une part de tarte tout à fait honorable, sans doute parce qu'elle venait du supermarché d'à côté.

– Un ennemi mortel ? répéta l'homme en se calant contre le dossier de sa chaise avec un air inspiré. Comme ça, *a priori*, non. Mais en y réfléchissant bien…

Les garçons échangèrent un regard.

– Vladimir Collinsky travaillait dans l'aéronautique militaire et pour un service sensible, puisqu'il était ingénieur. Si je me souviens bien, quand il a massacré… enfin, au moment de l'affaire, il collaborait à un programme de recherche ultra-secret sur un nouveau système de propulsion. Cela dit, de là à imaginer qu'on ait voulu l'éliminer.

Tout à coup, il se prit la tête dans les mains. Puis, les coudes sur la table de son salon, il marmonna :

– Attendez voir, il me revient quelque chose… Ces deux types infects ? C'était des agents du ministère.

– Quel ministère, Monsieur Mathios ? le pressa Valentin.

– La Défense. Un samedi matin, je me trouvais dans la maison, pour terminer une petite réparation, d'électricité il me semble. Dans le vestibule, j'ai entendu des gens parler fort. La conversation tournait autour d'une clé USB, vous savez, ces espèces de petits objets incroyables qui peuvent contenir…

– On connaît, le coupa Valentin de plus en plus nerveux. Et de quoi est-ce qu'ils parlaient ? Est-ce que vous vous en souvenez ?

– Pour moi, c'était du chinois. Je me rappelle juste que Vladimir se défendait d'être au courant de quoi que ce soit concernant une affaire qui avait l'air assez grave. Il s'est excusé et a littéralement poussé ces hommes vers la sortie. Personnellement, je ne les ai plus jamais revus. Par contre, mon voisin m'en a reparlé quelques jours après. Il avait l'air inquiet que j'aie pu entendre quelque chose de ce qui s'était dit ce jour-là. Et comme je n'avais aucune raison de mentir, je l'ai rassuré.

– Et vous n'avez jamais songé qu'il aurait pu y avoir un lien entre ces types et le drame ?

M. Mathios dévisagea longuement l'adolescent avant de répondre. À l'évidence, sa réponse était « Bien sûr que si ! » voire même : « Évidemment, qu'il y a un lien ! » Puis il finit par déclarer, le regard bas :

– Tu sais mon garçon, il y a des seaux de merde dans lesquels il vaut mieux ne pas farfouiller, non seulement à cause de l'odeur, mais aussi pour ne pas finir la tête dedans. Ce que je crois, c'est que ce pauvre Vladimir a fait une grosse bêtise et qu'il a préféré tuer toute sa famille plutôt qu'elle ne l'apprenne. C'est ça la vérité, mon garçon, bête et navrante.

Il fit mine de se détendre, puis lança :

– Elle est bonne, ma tarte ?

– Délicieuse ! approuva Cédric qui, à lui seul, en avait englouti la moitié.

– Monsieur Mathios, est-ce que vous accepteriez de me confier les clés de la maison de votre voisin, juste une heure, ou un jour tout au plus ? J'ai la conviction que je peux…

– Certainement pas ! s'exclama l'homme en levant les poings de colère. Et je te conseille d'oublier ça, définitivement ! ajouta-t-il en pointant sur Valentin un index manifestement menaçant. Personne ne doit retourner dans cette maison. Personne ! Parce qu'elle est maudite et que ça ne sert à rien de réveiller les fantômes du passé.

– Sauf si ces fantômes détiennent la clé du mystère, grommela le garçon.

– Pourquoi est-ce qu'elle n'a jamais été vendue par la famille ? demanda Cédric.

– Est-ce que je sais, moi ? Peut-être parce que c'était la dernière volonté de Vladimir. Mais si ça ne tenait qu'à moi… Peuh ! J'y aurais foutu le feu depuis longtemps.

L'entrevue ne dura guère plus longtemps, l'homme devenant nerveux et irritable. Il avait épuisé son stock d'amabilité. Mieux valait donc le laisser tranquille… « jusqu'à la prochaine fois », songea Valentin en regagnant la rue avec son copain. Car plus que jamais, il était décidé à poursuivre ses investigations.

Avant de démarrer sur leur scooter, Cédric demanda :

– Tu y crois, toi, à cette histoire d'agent du ministère de la Défense et de secret d'état ?

– Oui, bien sûr.

– Admettons. Et admettons qu'il y ait une preuve dans la Maison de l'horreur. Ça peut te valoir des ennuis de soulever un lièvre de ce genre.

– Et alors ?

– Peut-être même que ça pourrait être dangereux.

Valentin répondit par un silence de perplexité, puis Cédric proposa :

– Tu sais quoi ? Ce soir, on va revenir et on va la trouver ta preuve…

Un volet claqua, les faisant sursauter. C'était le père Mathios qui fermait sa maison, avec la précipitation d'un fou terrorisé qui se terre chez lui, espérant ainsi échapper à l'apocalypse.

– Non. On laisse tomber, annonça Valentin.

Et il démarra en trombe. En vérité, il avait décidé d'y aller… seul !

15

Cache-cache

Peine perdue !

Malgré sa ruse, Valentin ne parvint pas à se débarrasser de son collant, et malgré tout si attachant, complice d'aventure. Peu après le crépuscule, c'est-à-dire vers 19 heures, ils se faufilèrent dans le jardin de la Maison de l'horreur. Ils s'étaient équipés comme un véritable commando des Forces Spéciales : entièrement vêtus de noir, mitaines de cuir, lampes frontales, sacs à dos bourrés de munitions (barres énergétiques, sandwiches, piles de rechange, pincettes et sacs à congélation pour récupérer les preuves… sans oublier le sachet de fraises Tagada.) Aussi, la déconvenue fut-elle grande lorsqu'ils constatèrent que les fixations de la plaque qui obstruait le soupirail avaient été renforcées avec du fil de fer de gros diamètre, en attendant la soudure. Il ne faisait guère de doute que le père Mathios avait deviné que les adolescents tenteraient une nouvelle fois de pénétrer dans la maison maudite.

– Mince alors, comment va-t-on faire ? s'inquiéta Valentin, désappointé.

– Hé, hé ! C'est là qu'on voit arriver les pros ! répliqua Cédric. Écartez-vous, jeune homme, et laissez faire *the* spécialiste.

Car le sagace Cédric avait anticipé l'éventualité de cette précaution du voisin. Il tira de son sac une pince coupante. Il lui fallut quand même dix bonnes minutes, transpirer et même s'énerver au point de donner des coups de pied dans la plaque et risquer d'alerter le voisinage, avant de venir à bout de l'obstacle. L'affaire faite, il se laissa choir sur les fesses pour reprendre son souffle, tandis que son copain nouait la corde au tronc du pommier.

– La vache ! Il m'en a donné, du fil à retordre, ce fichu soupirail ! soupira-t-il.

– J'aime ton humour, dit Valentin. Maintenant, les choses sérieuses commencent.

– Tu sais par où commencer ?

– Oui. Mais comme je te l'ai dit tout à l'heure, il faut que tu me fiches la paix, jusqu'à ce que je t'appelle.

– Tu ne m'as toujours pas expliqué pourquoi ?

– Fais comme si j'avais une sorte de don qui me permettrait de parler avec les morts.

– Sans blague ! Tu te fous de moi ?

– Absolument. N'empêche, tu feras ce que je te demande. Ne m'adresse plus la parole et lâche-moi la grappe. Le mieux d'ailleurs, ce serait que tu m'attendes ici.

– C'est ça, on lui dira. Passez devant, maître Yoda, votre humble serviteur vous suit, muet comme une taupe.

– Une carpe, pas une taupe.

– Ah oui ? Parce que t'as déjà entendu le cri de la taupe, les nuits de pleine lune ?

Valentin ne put retenir un sourire. Il leva les yeux vers le ciel, assez dégagé ce soir-là pour laisser passer la lumière d'une quasi pleine lune, et esquissa une moue de satisfaction, songeant que cela lui laissait l'espoir de voir Frédérika sans être obligé d'allumer sa lampe frontale.

Tandis que Cédric se faisait oublier en partant courageusement explorer les combles de la maison, Valentin s'assit sur la première marche du grand escalier de marbre. Il appela mentalement la jeune spectre puis, comme elle tardait à apparaître, il le fit à voix basse. Quand, enfin, elle sortit de l'ombre pour approcher jusqu'à lui, les bras serrés contre son buste, il ne put empêcher sa peau de se couvrir de chair de poule. Il lui était en effet impossible de se familiariser avec la vision de cette jeune fille livide, au regard mort, la gorge stigmatisée par cette hideuse balafre sanglante. Et pire que tout, il y avait cette chemise de nuit qu'une tache brun-rouge en expansion maculait en haut de sa poitrine.

– Je suis revenu, murmura-t-il. Je veux trouver la boîte. Est-ce que tu peux m'aider ?

Frédérika esquissa une réponse négative de la tête. Ensuite, elle tourna son visage vers la droite, comme pour désigner une porte que Valentin n'avait jamais franchie. Il entendit alors un rire d'enfant, si près de lui, sur sa gauche, qu'il sursauta. Les jumeaux se tenaient debout face à face au pied de l'escalier. L'un d'eux lança :

– Jouons à cache-cache !

Mais l'autre ne semblait pas d'accord.

– C'est dangereux ! Si le monstre nous trouve...

– Nous serons si bien cachés qu'il ne nous trouvera jamais. Jamais ! JAMAIS ! finit-il par hurler avec une rage glaçante de haine.

Valentin devait fournir de gros efforts pour résister à son envie de déguerpir, de quitter à tout jamais ces lieux maudits. Mais il n'oubliait pas que, d'une certaine manière, lui aussi était maudit puisque Frédérika s'était emparée d'une partie de son esprit. Tout à coup, les jumeaux pivotèrent vers lui pour le fixer de leurs yeux noirs.

– Essaie donc de nous trouver si tu peux ! le défièrent-ils d'une même voix.

– Je ne suis pas venu pour jouer, répliqua Valentin.

Il voulut interroger Frédérika, mais elle avait disparu. Les garçonnets filèrent à leur tour à toutes jambes à travers le hall, en direction de la pièce mystérieuse, pour s'évanouir dans la pénombre. Pensant devoir interpréter ce comportement comme une indication, Valentin se rendit jusqu'à cette porte. En l'ouvrant, il eut une nouvelle bouffée d'adrénaline : Frédérika se tenait de l'autre côté, droite et raide.

– S'il te plaît, ménage mon petit cœur, se plaignit-il.

– Le monstre t'a vu, articula-t-elle. Il va revenir et il va te tuer.

– Qui ? Qui est ce monstre ?

– Trouve la boîte. Débarrasse-nous du monstre. Débarrasse-nous du monstre. Débarrasse-nous du monstre…

– Je vais faire ce que je peux ! répondit Valentin. Je te le promets, mais il faut m'aider.

Il alluma sa lampe frontale, provoquant la disparition de la jeune fille. Ensuite, il pénétra dans une pièce relativement petite, comparée aux autres pièces de cette maison que l'obscurité rendait sûrement plus grandes qu'elles ne l'étaient en réalité. Une première exploration visuelle lui donna l'impression qu'il s'agissait d'une étude de notaire, avec de nombreux casiers de rangement en bois, superposés jusqu'au plafond, et plusieurs placards fermés. Il y avait aussi un meuble vitré dans lequel étaient exposés des bibelots, souvenirs de voyage ou de famille, ainsi que des photos dans des cadres de verre.

Un grand bureau était disposé face à la porte, mais il n'avait pas le lustre de celui de la bibliothèque. C'était d'ailleurs plutôt une table, ce qui permit à l'intrus de déduire qu'il se trouvait davantage à l'entrée d'une pièce consacrée aux archives qu'au travail. Sur le mur au-dessus de la table, était accrochée une peinture carrée de taille modeste, le portrait en buste d'un riche notable du XIXe siècle, hiératique et strict dans son costume noir.

Valentin se demanda où étaient les jumeaux. La maigre luminosité grise qui filtrait par les interstices de l'unique fenêtre, ajoutée à celle provenant du hall n'était pas suffisante pour distinguer les détails. Il allait rallumer sa frontale quand il capta les rires étouffés des enfants. Ils étaient avec lui dans la pièce. Il en éprouva de la méfiance, plus que cela même, de la crainte, comme s'il avait perçu dans ce ricanement une hostilité maligne. La présence de Frédérika l'eût sans doute rassuré, mais il eut beau scruter la pénombre, il ne distingua pas sa silhouette diaphane.

Il alluma sa lampe, puis se dirigea vers le bureau. Le regard dur de l'homme sur le tableau n'incitait pas à approcher. Du coup, il eut justement envie de voir ce qu'il pouvait cacher. Sans réelle surprise, il découvrit qu'il dissimulait un coffre-fort, avec un gros bouton luisant.

– Alors, t'as trouvé quelque chose ? s'exclama brutalement Cédric à l'entrée de la pièce.

« Maîtrise zen », pensa Valentin en fermant les yeux. Puis il maugréa sans se retourner :

– Tu pourrais prévenir quand tu arrives… Il y a un coffre-fort, mais sans la combinaison, ça ne sert pas à grand-chose.

– Faudrait trouver un cambrioleur professionnel, suggéra son copain en le rejoignant.

– Ou plus simplement demander à la proprio actuelle si elle sait ce qu'il y a dedans.

– Ah oui, très drôle ! Pardon, m'dame, on est entrés par effraction dans votre baraque et on aurait bien voulu savoir ce qu'il y a dans le coffre, vous savez dans le bureau, au rez-de-chaussée ? Ça vous ennuierait de nous donner la combinaison ?

– S'il te plaît, Cédric, va voir ailleurs si j'y suis. J'ai besoin de me concentrer.

– Ok. Si tu me cherches, je serai à la cuisine, des fois qu'il y aurait des trucs à manger, genre steaks momifiés.

Il s'en alla en ricanant bêtement. De nouveau seul, Valentin appela doucement :

– Frédérika ?

C'est le rire malicieux des jumeaux qui lui répondit, juste derrière lui, au niveau du sol. Il fit volte-face et eut la surprise de constater que ce n'était pas les garçonnets qu'il voyait, blottis sous le bureau, mais leur grande sœur. Les jambes repliées contre sa poitrine, la malheureuse fille frissonnait de tout son corps.

– Le monstre, murmurait-elle, le monstre approche. Il faut se taire, se cacher. Il va nous égorger. Il arrive !

– Mais non, c'est fini. Il ne peut plus vous faire de mal.

L'adolescent eut le réflexe de tendre la main, comme pour l'inciter à quitter sa cachette, mais loin d'apaiser sa terreur il ne fit que l'accentuer, comme s'il eût été lui-même l'agresseur. Soudain, elle se jeta sur lui en poussant un véritable beuglement de bête. Se protégeant le visage des deux bras, Valentin roula sur le côté et perdit sa lampe frontale qui rebondit sur le parquet.

16

Une ombre dans la maison

Très vite après ce qui n'était pas une attaque mais une fuite dans la panique, Valentin se redressa. Il resta cependant un moment assis en tailleur à reprendre ses esprits et à s'interroger sur le sens de cette comédie macabre. Tout son corps était parcouru de frissons.

– Frédérika ? appela-t-il. Est-ce que je te fais peur à ce point ? C'est plutôt moi qui devrais claquer des dents, non ?

Il ramassa sa lampe qui était restée allumée. C'est en la replaçant sur son front qu'un minuscule détail attira son attention. Sous le plateau du bureau, à portée de sa main gauche, il y avait une légère enflure. Il passa ses doigts, et son index caressa ce qui ressemblait furieusement à un bouton sous une membrane de caoutchouc. Il le pressa fermement, provoquant un claquement sec sous la table. Une vive émotion l'étreignit ; il venait de mettre au jour une trappe secrète.

De la cavité, il sortit une boîte en fer qu'il posa sur la table. Ce n'était pas une boîte à biscuits, mais une caissette orange pour pièces et billets, munie d'une poignée luisante sur le dessus. Il eut la contrariété de constater qu'elle était fermée à clé. Il leva les yeux et vit Frédérika qui se tenait debout à sa gauche. La peur n'avait pas quitté ses yeux sombres, bien au contraire, puisqu'elle relança son avertissement, comme une litanie :

– Il arrive. Le monstre arrive et il va te tuer.

– Où est-ce que je peux trouver la clé de cette boîte ? l'interrogea-t-il, sans grand espoir d'obtenir une réponse.

– Le monstre va te tuer. Tu dois partir. Il va te tuer !

Cette fois, Valentin ne se laissa pas impressionner. Il avait compris que la conscience de ce spectre naviguait entre deux mondes, celui de ses souvenirs et de son traumatisme, et le réel présent, sans doute perçu comme dans un rêve où toute chose est à la fois nette et insaisissable. Il tenta quand même de la rassurer :

– Ne t'en fais pas, je n'ai rien à craindre. Par contre, il faudrait que je trouve un moyen de forcer cette serrure.

Un bruit retentit au fond de la maison. Ce n'était pas une porte qui aurait claqué, mais plutôt le choc sourd d'un gros objet tombant sur le sol. Valentin fronça les sourcils, se disant que son copain venait sans doute de renverser quelque chose. Après cela, il entendit le bref raclement d'un meuble bousculé.

– C'est pas vrai ! maugréa-t-il, persuadé que Cédric s'amusait encore à lui faire peur.

Son cœur se mit néanmoins à battre la chamade.

– Cédric, ramène-toi, s'il te plaît ! appela-t-il en élevant la voix. J'ai besoin de ta grande intelligence pour forcer une serrure. Je crois que j'ai trouvé la preuve que je cherchais ! Cédric, réponds-moi, s'il te plaît !

Il se leva vivement et se trouva pour ainsi dire nez à nez avec la jeune spectre, dont il avait oublié la présence et qui, de plus en plus alarmiste, l'avertissait de la menace de mort que faisait peser sur lui le monstre.

– Je sais, Frédérika, mais j'ai plus urgent à faire. Pardon.

Il marcha à grands pas vers la porte, quand soudain la silhouette de son copain s'y découpa. Il était haletant et manifestement choqué, au point de ne pouvoir parler.

– Qu'est-ce qui t'arrive ? Tu as vu un fantôme ? l'interrogea Valentin.

– Presque. Écoute, tu vas croire que je te raconte encore une blague, mais je te jure que j'ai vu, ou peut-être cru voir… non, en fait, j'ai vraiment vu un type.

– Un type ? répéta Valentin incrédule.

– Oui, tout en noir, pas plus grand que ça. Je sortais de la cuisine et il était dans le couloir… (Il émit un profond soupir.) J'ai d'abord cru que c'était toi qui te vengeais de la trouille que je vous ai fichue l'autre jour avec Zoéline, mais en m'approchant j'ai vu son visage… Enfin non, puisqu'il n'en avait pas.

– Un type en noir, j'arrive à imaginer, mais sans visage… J'essaie, je te promets, mais j'ai un peu de mal à te suivre. Bon, admettons. Et alors ?

– Ça a été très vite, tu sais. J'ai pas vraiment eu le temps d'analyser.

– En somme, tu as vu une ombre.

– Une silhouette qui ressemblait à celle d'un homme assez costaud, une brute même ! Ça m'a fichu une telle trouille que je suis parti à reculons. Je me suis cogné contre une commode, et comme il faut ! Je vais avoir un sacré bleu à la fesse.

– Tu n'auras qu'à demander à Zoéline de te la pommader.

– Ah oui… j'y aurais pas pensé.

– Si je récapitule, tu n'as pas vu un homme, mais tu as *cru* voir un homme.

Cédric prit le temps de respirer à fond plusieurs fois avant de convenir :

– Peut-être que je me suis affolé un peu vite. N'empêche, ça m'a donné envie de partir de ce trou. Et de ton côté, qu'est-ce que tu as de nouveau ?

– Ça.

Valentin tourna la tête de manière à éclairer du faisceau de sa frontale la caisse de fer orange posée sur la table.

– Ta fameuse boîte ?

– Oui. Elle était dans une cache secrète, sous le bureau.

– Et qu'est-ce qu'il y a dedans ?

– La preuve. Enfin, j'espère. Le problème, c'est qu'il faudrait forcer la serrure pour le vérifier.

– C'est dans mes cordes, mais pas ici. Si on s'arrache maintenant, on aura le temps de passer chez moi. Dans le garage, mon père a assez d'outils pour faire sauter un coffre de banque. On y va ?

Valentin se montra hésitant.

– Qu'est-ce qui se passe ? s'enquit son compagnon.

– Ce serait du vol.

– Et alors ? Quand c'est pour la bonne cause. En plus, il y a peut-être de l'argent dedans.

– Même pas en rêve, Cédric.

– Attends, tu déconnes ou quoi ? Ah mais non, je comprends. Monsieur voudrait garder le trésor pour lui tout seul. C'est un motif légitime de meurtre ça, tu sais.

– Tu le fais exprès ou t'es vraiment une crapule ? répliqua Valentin. Quand on est honnête, comme moi, on n'entre pas chez les gens, même s'ils sont morts, pour repartir avec leur boîte à bijoux sous le bras. Et pourquoi pas piquer l'argenterie, tant qu'on y est ?

Cédric se renfrogna, mais il était évident qu'il n'en pensait pas moins, ce qui déçut son ami et lui fit anticiper un vif conflit, si effectivement cette cassette contenait quelques valeurs.

– Tu peux m'expliquer à quoi ça aura servi de revenir ici, de nuit, au risque de se faire attraper par les parents et condamner à la chambre à vie ? insista Cédric.

– J'appellerai le commissaire Lagrange demain.

– Sans mandat, il ne pourra même pas franchir le portail de la propriété. Et sans une raison sérieuse et valable, un juge ne lui donnera pas ce mandat.

– On verra.

Coupant court à la discussion, Valentin alla replacer la caisse portative dans sa cache, puis il revint dans le hall, l'estomac comprimé par une sourde angoisse et se demandant ce qu'il était juste ou pas de faire.

17

Révélation

Tout en traversant le hall à grands pas, son acolyte sur les talons, Cédric déclara :

– On aurait dû prévoir de venir armés. Même à deux, si on tombe sur un mec qui voudrait nous faire la peau, on serait comme des agneaux lâchés dans une boucherie.

– S'il te plaît, Cédric, ça suffit les fantasmes.

– Il y a quelqu'un dans cette baraque, que tu le croies ou non. Et je peux te jurer que si les volets n'étaient pas soudés, on se serait tirés par une fenêtre.

– Tu sais que tu commences vraiment à m'inquiéter.

– Il serait temps.

Une fois dans le corridor sur lequel s'ouvrait la porte de la cave, Cédric s'arrêta pour s'assurer avec sa lampe qu'aucun homme en noir ne les attendait dans un recoin sombre, telle une araignée prête à leur sauter sur le poil.

– Ça va, avance ! le pressa Valentin qui commençait lui aussi à regretter de ne pas avoir prévu le moindre moyen de défense, ne serait-ce qu'une bombe lacrymogène.

Sans rien avoir entendu ni perçu qui pût les alarmer, les deux intrus retrouvèrent la cave voûtée et son humidité empestant le salpêtre. Le grand blond commençait à se rassurer sur leur chance d'échapper à son *ombre noire*, quand soudain son copain s'exclama :

– Attends !

– Qu'est-ce qui se passe ?

– Je me demande si finalement tu n'avais pas raison.

– À propos du mec que j'ai cru voir ?

– Non, de la caisse.

– Tu peux m'expliquer ?

– Je me dis que, plutôt que de la laisser ici, au risque que quelqu'un la trouve et la fasse disparaître, on ferait mieux de l'emporter pour la donner demain au commissaire.

– Ça fait dix ans qu'elle dort tranquille, je suis sûr qu'elle n'est pas à un jour ni même un siècle près.

– Réfléchis, Cédric, si on la laisse et que je propose au commissaire de venir lui-même la chercher, qu'est-ce qu'il va me demander aussitôt ? Comment je l'ai trouvée.

– Et alors ?

– T'es bouché ou tu le fais exprès ?

– Devine. Évidemment que je vois où tu veux en venir ! Tu ne pourras pas lui répondre qu'on est entrés dans la Maison de l'horreur, de nuit et, cerise sur le gâteau, par effraction. Devant un tribunal pour mineur, ça va bien chercher dans les dix ans de tôle et vingt-cinq mille euros d'amende.

– Même si ça n'était qu'un simple rappel à la loi, en présence des parents, j'en flippe d'avance… Écoute, j'y retourne vite fait. Tu n'as qu'à m'attendre là-haut.

– Tu plaisantes. Je ne vais pas te laisser y retourner seul.

– C'est bon, je te dis ! Je serai revenu dans moins de trois minutes.

– C'est déjà trop.

Cédric chercha un nouvel argument, mais Valentin avait déjà tourné les talons. Résigné, puis finalement pas si mécontent d'être le premier à sortir de ce nid à cafards, il pénétra dans la réserve à charbon. Il cracha dans ses mains, saisit la corde qui pendait le long du mur crasseux, banda les muscles de ses bras et dans un bel effort… Outch ! faillit se retrouver les fesses dans le charbon.

– Mince alors ! jura-t-il.

Consterné, il regardait la corde distendue entre ses doigts. Il la tira, jusqu'à ce que l'autre extrémité dévale par le soupirail. Il serra les mâchoires, maudissant la canaille qui l'avait détachée du pommier… détachée et non pas coupée ! Cédric enrageait, non plus contre un éventuel mauvais plaisantin, mais contre Valentin puisque c'était lui qui portait la responsabilité de ne pas avoir noué cette corde assez solidement. SO-LI-DE-MENT !

– J'aurais mieux fait de m'en occuper moi-même, maugréa-t-il.

Quand soudain un bruit métallique dans son dos le fit sursauter. La porte à barreaux de la geôle venait de se refermer en un claquement sec. Il dirigea le faisceau de sa lampe vers l'intérieur de la cave… aussi vide que la minute précédente. Puis il éclaira la serrure pour constater que la clé n'y était pas et qu'il était bel et bien prisonnier, comme ceux qu'on enfermait ici au Moyen Âge.

Au rez-de-chaussée, alors qu'il traversait le hall, Valentin entendit le claquement de la grille dans la cave, puis peu après l'appel de son copain :

– Valentin, reviens ! Je suis coincé dans la réserve à charbon. Et comme tu as mal attaché la corde, je ne peux plus remonter.

Il aurait bien aimé croire que ce farceur né était encore en train de lui en jouer une, mais il redoutait tout le contraire. Il cria « J'arrive ! », puis se hâta de gagner la pièce aux archives et d'y récupérer la cassette sous le bureau. Le poids de celle-ci lui rappela l'hypothèse évoquée avec son copain qu'elle pût contenir bien davantage que des papiers. Il n'osait imaginer des lingots d'or et des bijoux… mais l'imaginait quand même. Pour calmer ses états d'âme, il se promit que si elle renfermait effectivement des objets de valeur, mais rien qui concerne son enquête, il la ramènerait ici.

Alors qu'il passait près du meuble vitré, le faisceau de sa lampe frontale provoqua un bref éclat lumineux, ce qui attira son attention et lui donna envie de s'en approcher. Parmi les photographies exposées, l'une d'elles l'intriguait particulièrement. Elle était pourtant d'une grande banalité, dans un sous-verre sans cadre, posée sur un support d'aluminium des plus ordinaires. On y voyait Vladimir Collinsky entouré de sa famille. C'était un homme de taille moyenne, aux cheveux courts très blonds, au teint si laiteux que ses traits en étaient estompés. La douceur de son sourire suggérait un caractère tendre et sans nul doute très sociable. Ses enfants et son épouse, d'une physionomie tout aussi « nordique », affichaient le même bonheur, que rien jamais ne semblait pouvoir détruire. Ce n'était cependant pas cela qui titillait l'inconscient de Valentin en lui inspirant un intérêt particulier pour ce cliché. La famille se tenait à la proue d'un petit bateau de plaisance, croisant apparemment à proximité d'un lagon tropical paradisiaque. Chacun exhibait par la queue, dans sa main droite, un poisson dont la taille était proportionnelle à la sienne. Valentin ferma les yeux et dans sa mémoire s'imposa le souvenir de la photo de Vladimir Collinsky pendu, prise par la police scientifique et qu'il avait pu examiner dans le bureau du commissaire Lagrange. Il se souvint aussi de cette autre vue, dans la chambre des parents, montrant le père en train de peindre… Alors soudain, il comprit ce qui clochait dans l'affaire de la Maison de l'horreur.

– Mais oui, c'était tellement évident ! souffla-t-il.

La gravité de sa découverte lui causa un choc qui fit bondir son cœur dans sa poitrine. Dès lors, il sut qu'il devait écouter l'avertissement angoissé de Frédérika et déguerpir, quitter cette maison au plus vite ! Car il savait désormais pourquoi il était en danger de mort.

Il se rua vers la porte. À peine l'eut-il franchie qu'il se sentit saisi au cou et tiré violemment en arrière. Il chuta lourdement sur le dos, laissant tomber la caisse orange et sa lampe frontale. L'étreinte qui comprimait ses cordes vocales l'empêchait d'émettre le moindre appel au secours…

18

Duel dans les ténèbres

Les doigts agrippés à la corde qui lui broyait le cou, Valentin commençait à voir scintiller des étoiles, prélude à la perte de connaissance. Se voyant mourir, il eut juste à temps le sursaut de panique qui commanda à ses muscles de passer à la contre-attaque. Après avoir saisi la corde à deux mains, il se releva et exerça un violent mouvement de traction. Surpris par la vigueur de sa jeune victime, l'assassin vacilla mais ne tomba pas. Mu par l'instinct de survie davantage que par la raison, Valentin se jeta en avant et heurta son agresseur de l'épaule. Celui-ci perdit l'équilibre et s'étala en émettant un grognement de douleur. L'adolescent en profita pour défaire le nœud coulant qui l'étranglait. Il allait déguerpir quand il vit la silhouette noire de l'homme étendre le bras pour ramasser la caisse métallique.

– Non ! s'écria l'adolescent.

Et il gratifia son agresseur d'un coup de pied, façon Terminator du ballon rond, qui le neutralisa quelques secondes, puis il rafla la caisse et s'enfuit en titubant à travers le vestibule. Il s'engouffra dans le corridor menant à la cuisine, regrettant de ne pas avoir aussi récupéré sa lampe frontale. Dans l'obscurité complète, il se guida en tâtant le mur de droite, jusqu'à sentir sous sa paume la porte de la cave. Il l'ouvrit, mais aussitôt une puissante force la rabattit violemment. Le tueur était si près que l'adolescent percevait son souffle haletant.

– Qu'est-ce que vous me voulez ? Laissez-moi partir ! s'écria-t-il d'une voix rauque.

En bas, Cédric l'entendit et réagit :

– Valentin ! Qu'est-ce qui t'arrive ? Valentin, réponds-moi !

Parce qu'il avait la gorge en feu et la terreur au ventre, son copain en fut incapable.

Il poursuivit sa fuite qui le mena dans la cuisine où il pouvait espérer trouver de quoi se défendre. Mais comment faire dans cette obscurité à peine atténuée par de chiches rayons de lune filtrant autour de la porte-fenêtre ? Il se souvenait que la cuisinière, ainsi que le plan de travail carrelé, sur lequel était posé un four à micro-ondes, se trouvaient de l'autre côté. Les placards étaient à droite, la sortie vers l'arrière de la maison sur sa gauche... Il avança et bien qu'il sût qu'au centre se dressait une longue table en chêne massif, il s'y cogna la hanche, si douloureusement qu'il émit un gémissement. Il fit volte-face, craignant d'avoir trahi sa position. Cette profonde pénombre était à la fois sa protection et son angoisse. Il se figea, puis tenta de bloquer sa respiration malgré l'émotion qui appelait davantage d'air. Il s'efforça ensuite, bouche ouverte, de la rendre aussi inaudible que possible. Son ouïe ne captait aucun son, mais il n'eut guère le temps de s'en réjouir puisque bientôt un souffle ténu, maîtrisé comme le sien, s'insinua au cœur du silence. Ce que lui inspirait cette respiration était purement terrifiant, c'était celle du prédateur nocturne progressant en souplesse vers sa proie tétanisée de peur.

Valentin se déplaça, mais malgré ses précautions pour rester silencieux, le seul frottement de son jean suffisait à indiquer au monstre : « Je suis là !

À portée de tes crocs. » Et le monstre aussi était en mouvement !

La main tendue à l'aveugle, l'adolescent fit trois pas sans rencontrer d'obstacle. Il s'immobilisa de nouveau. La présence du tueur lui semblait si proche qu'il frissonna des pieds à la tête.

– Haaa !

Quelque chose venait de lui toucher l'omoplate gauche ! Il s'écarta vivement, se prit les jambes dans une chaise… non, un tabouret ! Il le ramassa et le jeta au hasard sans atteindre son adversaire. Ensuite, il buta contre une surface verticale qui émit un son creux. Ce n'était pas un mur, mais la porte d'un meuble. Sa main libre partit en exploration sur la surface froide d'un carrelage. Le plan de travail. Il se concentra pour visualiser la disposition exacte des objets que sa mémoire avait photographiés, lors de sa dernière visite approfondie de la Maison de l'horreur. Il y avait une série de couteaux à manche de bois de différentes tailles, plantés dans un support de pin. À moins… à moins que ce souvenir ne se fût mélangé avec celui de la cuisine chez les parents de Cédric, car ils possédaient les mêmes. Non, il ne se trompait pas, ils étaient là, tout près de la cuisinière à gaz. Mais où exactement ? Où ? Il tâtonna fébrilement autour de lui, jusqu'à toucher les feux sur sa droite. Il se figea. Le tueur était en mouvement. Lentement, il approchait, se dirigeant au plus infime froissement de vêtements ou même frôlement des doigts du garçon sur les objets.

Valentin devait lutter contre son envie de hurler sa trouille, d'invectiver ce fou, de le supplier d'arrêter cette chasse odieuse, mais il préférait se mordre la joue jusqu'au sang plutôt que de s'offrir à sa rage meurtrière, une rage terriblement froide à en croire son silence obstiné. Ce type ne semblait pas plus pressé que l'araignée qui sait la proie engluée dans sa toile.

Dans la cave, Cédric avait beau donner des coups de pied, la serrure et les barreaux de sa cage résistaient aussi solidement que s'ils avaient été installés récemment… jusqu'à ce qu'il réussisse à se tordre la cheville. La douleur le calma instantanément. Il prit alors tout à coup conscience qu'il disposait d'un moyen pour appeler à l'aide : son téléphone mobile. Se disant qu'il aurait pu y penser plus tôt, il s'empressa de le sortir de sa poche de jean et de faire sauter le clapet de protection. La déconvenue fut à la mesure de l'espoir : le réseau n'était pas accessible dans ce trou ! Il en aurait pleuré de dépit…

Au même instant, comme s'il avait été relié télépathiquement à son compagnon, Valentin pensa à utiliser son mobile, non pas pour appeler la police, mais pour la luminosité de l'écran. Afin de préserver au maximum la charge de sa batterie, il avait configuré l'appareil de façon à ce qu'il ne reste allumé que trente secondes. Or, en trente secondes, il avait largement le temps de mémoriser la géographie de la cuisine, de repérer l'ennemi et, plus important encore, de situer le portant à couteaux. Il s'en empara, se donna un court moment pour s'assurer à l'ouïe que le tueur n'était pas trop près, puis alluma l'écran de l'appareil.

Il était là ! Tout de noir vêtu, la tête dissimulée sous un passe-montagne, bras écartés à moins d'un mètre de lui. Valentin émit un hoquet de stupeur. Il recula, jeta un regard autour de lui et vit les couteaux. Ils étaient si près qu'il lui suffisait de tendre sa main droite pour en saisir un. Le monstre aussi n'avait qu'à tendre la main, mais pour le saisir, lui. C'est ce qu'il fit, parvenant à l'agripper au poignet et à lui faire lâcher la cassette qui chuta bruyamment sur le dallage de brique. Valentin cria en repoussant l'agresseur. Il laissa également échapper son mobile, ce qui permit au tueur de le détruire d'un coup de talon. L'instant suivant, celui-ci recevait en pleine face le poing du garçon, et pour la première fois il émit un grondement de colère et de douleur mêlées. Valentin se dégagea de son étreinte d'un mouvement sec, chercha à deux mains les couteaux, s'empara de l'un d'entre eux et frappa à l'aveugle. Une fois ! Deux fois ! À la troisième, il sentit la lame heurter un obstacle mou. Le tueur émit un cri étouffé. Horrifié, le collégien partit à reculons, puis il se figea pour écouter le monstre. Celui-ci était en mouvement, la respiration haletante, laissant échapper de brefs gémissements de douleur. Valentin ignorait où la lame s'était enfoncée, mais assurément elle avait fait mal. Il se raidit brusquement, car le tueur cherchait quelque chose, à tâtons, jusqu'à ce que se produise un raclement métallique. Il avait trouvé la cassette ! De déconvenue, Valentin se mordit la lèvre supérieure. Si ce criminel parvenait à disparaître avec, il n'y avait plus aucune chance de le démasquer, du moins aux yeux de la justice.

19
Il faut tuer le tueur

Valentin hésitait.

Devait-il poursuivre ce jeu de cache-cache immonde dans le noir, jusqu'à ce qu'il reçoive un mauvais coup, ou bien devait-il regagner la cave pour délivrer son copain et combattre avec lui le monstre ? Il fut tenté de convaincre ce dernier de le laisser partir, en lui jurant de ne jamais révéler ce qu'il avait découvert, en lui rappelant qu'il n'avait affaire qu'à des enfants, ou encore qu'il n'avait désormais plus rien à craindre de la justice, puisqu'il possédait la boîte… Le souvenir des jumeaux baignant dans leur sang lui fit instantanément évacuer cette ineptie.

Sa seule certitude était qu'il en avait assez et que s'il devait continuer à se battre, ce ne serait plus en aveugle. Pour créer une source de lumière, il pensa au seul moyen à disposition dans une cuisine sans courant électrique : le gaz, en espérant que celui-ci n'était pas coupé. Il tâtonna jusqu'à la cuisinière, repéra les boutons d'allumage et chercha la boîte d'allumettes qui, logiquement, devait se trouver à proximité. C'est sur un allume-gaz piézoélectrique qu'il mit la main. Le souffle court, prêt à bondir d'un côté ou de l'autre pour esquiver une éventuelle attaque du tueur, il tourna l'un des boutons et entendit avec soulagement le propane chuinter par les trous du brûleur. Un coup sec sur l'allume-gaz entraîna l'apparition d'un cercle de petites flammes bleues. Le cœur serré d'appréhension, il pivota et explora la pièce du regard, couteau au poing, prêt à frapper…

Mais le tueur n'était plus là, le faisant un instant douter qu'il eût pu s'agir d'un être de chair et de sang. Pourquoi était-il parti ? Valentin n'eut pas à surmener son intelligence pour comprendre que ce criminel n'avait plus de raison de lui faire la peau, puisqu'il détenait la cassette. En une fraction de seconde, un scénario s'élabora dans sa tête : l'homme emportait la boîte chez lui, en forçait la serrure et détruisait la preuve de sa culpabilité, en admettant qu'il s'en trouvât une. Cela lui donnait l'assurance de pouvoir reprendre une vie tranquille, sans jamais plus risquer d'être inquiété par son passé. L'affaire retombait dans l'oubli, et ses victimes dans une damnation éternelle.

Comme appelée par le désarroi du garçon, Frédérika se matérialisa de l'autre côté de la table. La lumière émise par le brûleur lui donnait une pâleur plus froide et effrayante que jamais. L'adolescent remarqua un changement dans son expression : la détresse avait laissé place à la peur.

– Il a trouvé la boîte ! Le monstre a trouvé la boîte ! Nous ne serons jamais en paix. Il faut le faire disparaître, le tuer pour que nous retrouvions la paix.

– Hé ! Je ne suis pas un assassin ! se défendit Valentin. C'est à la police et à la justice de décider de son sort, pas à moi !

– Le monstre a trouvé la boîte, il doit mourir. Sinon, nous ne serons jamais en paix. Jamais ! Jamais ! Jamais !

Le mot fut repris par les jumeaux et la mère qui apparurent soudain à côté d'elle. En pensée, Valentin leur promit de tout faire pour que cesse leur malédiction, sauf de devenir lui-même un assassin. Et il s'en alla, sans savoir s'il ferait mieux d'aller retrouver son copain ou de poursuivre le monstre, c'est-à-dire de reprendre le duel.

Tandis que Valentin affrontait la mort, Cédric n'avait pas perdu son temps à se lamenter et à pester. Car il avait eu une brillante idée pour s'évader. L'ancienne geôle, reconvertie en réserve à charbon, devait logiquement disposer d'une pelle pour remplir un seau destiné à transporter le charbon à l'étage. À la lumière de sa lampe frontale, le garçon en avait effectivement découvert une, qui était aux trois quarts enfouie sous les quelques centimètres de boulets qui tapissaient l'espace. Elle mesurait un peu moins d'un mètre de long, disposait d'une poignée et d'un fer très évasé. Il avait levé les yeux vers le soupirail, regardé à nouveau la pelle, évalué ses chances de réussite, puis conclu :

– Ça peut marcher.

Le cœur gonflé d'espoir, il avait attaché la corde qui lui était restée dans les mains, à la jonction du manche et du fer, de sorte que l'outil, s'il parvenait à le lancer à travers le soupirail, pût rester coincé en travers de l'ouverture. Sa première tentative lui valut une magnifique bosse sur le crâne. À la deuxième, c'est le tranchant du fer qui lui retomba dessus. Par bonheur, il avait eu le réflexe de se protéger le visage, et c'est son avant-bras qui avait pris le coup, lui causant une vive douleur. La troisième tentative avait été la bonne et lui avait permis de retrouver l'air libre. Et même s'il s'était mis à tomber une pluie fine et glacée, il remercia tous les dieux de la Création de sa bonne fortune. Il ne lui restait plus qu'à mettre sa capuche de jogging et à attendre patiemment que son copain se manifestât pour faire le point avec lui sur la situation.

20

Le retour des jumeaux

Finalement, Valentin choisit de rattraper son poursuivant, certes parce qu'il était armé désormais, mais surtout parce qu'une farouche détermination l'animait. Avec prudence, il retourna dans le vestibule. Sa lampe frontale, perdue lors du premier affrontement, éclairait encore le sol près de la corde avec laquelle son agresseur avait tenté de l'étrangler. L'estomac noué par la crainte que ce dernier surgisse de l'obscurité pour lui sauter à nouveau dessus, il alla la récupérer et la remit à son front. Il examina brièvement le nœud coulant qui avait failli lui coûter la vie et fut conforté dans sa conviction sur l'identité de l'assassin de la famille Collinsky. Il constata également qu'il avait bel et bien blessé son agresseur, puisque la lame du couteau de cuisine était tachée de sang.

Ensuite, par acquis de conscience, il se rendit à la porte d'entrée et constata qu'elle était verrouillée. De toute façon, réfléchit-il, le tueur n'avait pas pu sortir par là, car même du fin fond de la maison il aurait entendu claquer la serrure et les verrous. Pour les mêmes raisons, il n'avait pas pu s'enfuir par la porte arrière de la cuisine. Conclusion logique, cette crapule était toujours là, tapie dans l'ombre, le guettant probablement... L'idée qu'il pût l'observer en cet instant même le glaçait d'effroi. « À moins qu'il ne soit monté à l'étage », pensa-t-il en considérant le grand escalier de marbre. Mais cela n'avait guère de sens. À court d'idée, il décida d'aller rejoindre Cédric.

Tous les sens aux aguets, il retraversa le hall. Pour ne pas trahir son approche, il choisit d'éteindre sa lampe en pénétrant dans le corridor. Avant de rouvrir la porte de la cave, il s'immobilisa et durant quelques secondes écouta le sommeil de la Maison de l'horreur. Aucun son suspect ne lui parvint, ce qui ne le rassura nullement. Il se faufila par l'entrebâillement et avec la souplesse d'un chat en chasse entama la descente des marches de pierre. Vers sa droite, le fond de la cave était plongé dans une obscurité opaque, menaçante. Face à lui, la pâle luminosité du dehors qui tombait par le soupirail éclairait chichement la réserve à charbon, mais suffisamment pour qu'il puisse constater l'absence de son copain derrière les barreaux. La corde pendait par l'ouverture. Valentin tiqua. Son copain était donc parti ! Bizarre… et inquiétant. Il voulut l'appeler, mais se ravisa. Il ne tenait pas à se signaler au monstre s'il était ici, planqué quelque part dans cette obscurité infecte, prêt à lui sauter dessus et à lui faire la peau par strangulation. Puis il se dit que, tant qu'à affronter la mort, autant que ce fût les yeux dans les yeux. Il ralluma sa lampe frontale et raffermit sa prise sur le manche de son couteau. Il dévala les quelques marches qu'il lui restait à descendre, se mit en position de combat, jambes fléchies, bras écartés, regard farouche. Il attendait l'attaque d'un tueur sanguinaire, ce fut une voix familière qui l'agressa :

– Ah, quand même ! Môôôsieur se décide à revenir ! s'exclama Cédric par le soupirail.

Valentin ferma les yeux, soupira, puis laissa s'exprimer son soulagement :

– Si tu savais à quoi il vient d'échapper, môôôsieur! répliqua-t-il.

La tête auréolée d'une tignasse blonde de son complice de mille et une bêtises se découpait dans l'ouverture en demi-lune du soupirail. Valentin s'avança jusqu'aux barreaux de la réserve à charbon.

– Tu as vu l'ombre noire? demanda Cédric.

– On s'est croisés, oui.

– Et alors?

– L'homme en noir a juste essayé de me passer la corde au cou.

– T'es sérieux?

– Je lui ai échappé, mais il m'a poursuivi jusque dans la cuisine. On s'est battu dans l'obscurité et j'ai réussi à lui planter un couteau dans le… enfin, quelque part dans le bide. Ça l'a calmé.

– Il est où maintenant?

– Aucune idée. Tu ne l'aurais pas vu, par hasard?

– Non. À ton avis, qui était-ce? Un squatteur?

– Non. C'était un type qui savait exactement ce qu'il cherchait.

– La cassette, je suppose.

– Oui, et il a réussi à me la prendre.

– Peut-être qu'elle contient des secrets d'État,

suggéra Cédric qui déjà se voyait mêlé à un complot international palpitant. Si c'est le cas, on a sûrement affaire à des agents secrets.

– Il était seul.

– Comme Victor le nettoyeur, dans Nikita, tu sais, le film de Luc Besson ? Il travaillait toujours seul.

– Non, c'est pas à ce genre de tueurs qu'on a affaire.

– Heureusement, parce que sinon on serait déjà morts tous les deux.

« La nuit n'est pas terminée », pensa Valentin en réprimant un frisson de froid.

– Qu'est-ce qui s'est passé de ton côté ? s'enquit-il.

En quelques mots, Cédric lui raconta comment il s'était fait piéger, mais avait réussi malgré tout, « grâce à sa grande sagacité », à s'évader.

– Maintenant, c'est toi le prisonnier de l'horreur, termina-t-il. Est-ce que tu veux que j'aille te chercher du matériel, genre barre à mine ou dynamite ?

– Avant d'en venir là, je peux essayer de forcer cette grille, répondit Valentin en secouant la porte de la geôle pour en évaluer la robustesse.

– Avec un chalumeau, c'est faisable. Sinon, il

va falloir que tu trouves une autre issue.

– Effectivement, convint le garçon. Tous les volets de fer sont soudés et les deux portes de la maison blindées ; ça risque de prendre du temps. Tu devrais rentrer, Cédric.

– Ok, bonne nuit ! Tu me raconteras ça demain au collège. Enfin, si tu survis.

Décontenancé, Valentin appela :

– Cédric ?

Silence.

– Eh ! Ne fais pas le con, j'ai vraiment pas envie de finir la nuit ici, surtout pas en compagnie d'un *serial killer*.

Le plaisantin blond laissa encore passer trois secondes avant de se montrer et de proposer :

– J'ai mon téléphone, je peux appeler les pompiers.

– Et pourquoi pas directement la police ?

– Ah oui, bonne idée ? Je le fais ?

– Non. Laisse-moi d'abord réfléchir.

– J'attends. Il fait un temps de chien, je claque des dents, j'ai sommeil, j'ai faim… mais tout va bien. Surtout ne te presse pas.

Valentin soupira. Le dos appuyé contre les barreaux de la geôle, il essaya d'imaginer comment son agresseur avait pu quitter cette maison sans passer par une porte ni par une fenêtre. Par le toit, alors ? Ou bien un volet au rez-de-chaussée n'était pas soudé. À moins qu'il fût capable de traverser les murs, comme un fantôme. C'était la seule explication rationnelle. Pourtant, elle lui paraissait aussi bizarre que la disparition et les motivations de cet homme. Il informa son copain qu'il remontait chercher cette éventuelle et mystérieuse issue.

– Ok, je ne bouge pas ! acquiesça Cédric.

C'est alors qu'il vit les spectres jumeaux surgir en haut de l'escalier, main dans la main et en pleurs. Ils dévalèrent les marches, gémissant de terreur.

– S'il nous attrape, il va nous faire du mal ! s'exclama l'un d'eux. Il faut se cacher !

– Pas là ! Oh non, pas là ! C'est son repaire ! objecta son frère d'une voix suppliante. Il va nous trouver, c'est sûr, et il va nous faire du mal.

Cette scène était si impressionnante que Valentin sentit son cœur s'emballer à nouveau. Il l'observa néanmoins avec une vigilance soutenue, car il savait que c'était un message à son attention. Les garçonnets rejoignirent le fantôme de Frédérika qui venait de faire à son tour son apparition au milieu de la cave. Ils se turent et se calmèrent instantanément. Elle donna la main à chacun puis, dans un silence lugubre, ils se mirent tous trois à fixer Valentin planté près de la geôle. Un troisième revenant se matérialisa bientôt, celui de la mère, le buste ceint d'une grande serviette de bain. Sa chevelure blonde, plaquée sur le crâne et la moitié du visage, ruisselait comme si elle sortait de la douche. L'adolescent avança de quelques pas.

– Si vous savez où est le monstre, dites-le moi.

– Qu'est-ce que tu dis ? demanda Cédric.

– Rien. Tais-toi !

Un quatrième personnage fantomatique sortit des ténèbres, Vladimir Collinsky. Il se plaça derrière sa famille et lui aussi se mit à fixer le garçon d'un regard poignant de détresse.

– Parlez-moi, reprit Valentin à voix basse. Comment s'appelait le monstre ? Vous savez qui c'était, n'est-ce pas ? Essayez de me répondre, d'une manière ou d'une autre.

Les cinq fantômes tournèrent alors la tête vers leur droite et ne bougèrent plus. Malgré la répulsion que lui inspiraient ces créatures, dont il redoutait qu'elles se jettent sur lui pour le vider de sa substance vitale, l'adolescent approcha encore.

– Il faut que je regarde par là ? murmura-t-il. C'est ça que vous voulez me dire ?

Il dirigea le faisceau de sa lampe vers le mur, sur sa gauche, mais celui-ci ne présentait aucune particularité. Un casier à bouteilles en métal, d'un mètre quatre-vingts de haut sur un de large, était fixé dessus. Il jeta un regard vers les cinq fantômes, toujours statufiés dans la même position. Il y avait donc quelque chose à trouver dans ce coin, mais quoi ? Peut-être devait-il chercher dans l'une des bouteilles. Il explora le casier de sa lampe et provoqua soudain un effet d'ombres qui lui donna la clé du mystère.

– Ça alors ! La voilà, l'explication.

21
Dans la tanière du loup

Valentin se rapprocha de la geôle pour faire part de sa découverte à son copain :

– Cédric, appela-t-il, j'ai une bonne nouvelle et une bonne nouvelle. Je commence par laquelle ?

– Hum… j'hésite.

– J'ai trouvé comment l'assassin fait pour entrer et sortir d'ici sans passer par la porte d'entrée.

– Ah oui ? Il traverse les murs !

– Exactement ! Il y a une porte secrète au fond de la cave, planquée derrière un casier à bouteilles. Tu te souviens, ce qu'on nous a appris en cours d'histoire ? Au Moyen Âge, dans certaines rues, les caves des maisons mitoyennes étaient reliées entre elles par des portes. Parfois, c'était de vrais souterrains.

Eh bien, je crois que je viens d'en trouver un.

– Génial ! Et l'autre bonne nouvelle, c'est quoi ?

– Devine.

– On sait maintenant qui est le coupable des meurtres : Gérard Mathios.

– Ce n'est pas encore prouvé, mais oui, c'est sûrement lui. L'autre bonne nouvelle, c'est que je sais maintenant comment sortir de cette maison.

– Super. Et tu comptes faire quoi, maintenant ?

– C'est là que ça se complique. Je te propose qu'on se retrouve devant chez Mathios. Sauf si tu m'entends couiner quand il m'égorgera.

– Je fais quoi dans ce cas ?

– Écoute-moi bien, Cédric, et là je ne rigole pas. Je vais sûrement me retrouver dans une situation à haut risque, parce que je vais essayer de retrouver la cassette et de me débiner avec. Tiens-toi prêt à intervenir…

– Chez Mathios ?

– Dans son jardin, devant la porte ou une fenêtre, je m'en fiche pourvu que tu sois à proximité, prêt à dégainer ton mobile. Si jamais je me retrouve en danger de mort, je crierai… (Il marqua une pause afin de trouver une formule neutre pour ne pas éveiller les soupçons de Mathios.) Je crierai : “ C’est fini ! Vous avez perdu ! ” Ce sera notre code.

– Enregistré ! Et après, je ferai quoi ?

– Tu appelles le commissariat, mais surtout... surtout, Cédric, tu n’interviens pas. J’essaierai de gagner un maximum de temps. On est bien d’accord ?

– Je ne sais pas. Et je le trouve où, le numéro du commissariat ?

– Tu fais le 17. Ça ira ? C’est pas trop compliqué à retenir ?

Cédric préféra ne pas répondre. Il n’aimait pas du tout la tournure que prenait cette aventure, pourtant si excitante au début. Mais il ne sut pas trouver les arguments qui dissuaderaient son ami de prendre de tels risques. Aussi se souhaitèrent-ils bonne chance.

Valentin retourna dans les profondeurs obscures de la cave voûtée où les spectres semblaient l’attendre. Ils observaient l’adolescent avec une profonde angoisse, cette fois mêlée d’un soupçon d’espoir. Il leur adressa une pensée d’encouragement, puis alla tirer sur le casier à bouteilles qui pivota sans un bruit, entraînant le pan de mur sur lequel il était fixé. Il mit ainsi au jour une ouverture basse, exhalant un air froid empuanti d’une odeur de moisissure encore plus forte que dans la cave des Collinsky. Un doute lui effleura l'esprit : pourquoi était-ce si facile ? Car s'il avait pu découvrir ce passage secret, c'était parce qu'il n'était pas tout à fait fermé. Si cette négligence était intentionnelle, cela signifiait qu'il s'apprêtait à se jeter dans la gueule du loup, ou plus exactement sa tanière, au fond de laquelle le prédateur l'attendait, les crocs luisant d'avidité. Dans le cas contraire, il y avait de fortes chances pour que le monstre se trouvât encore dans la maison. Restait à savoir ce qu'il avait encore à y faire… Valentin fut tenté d'interroger les spectres, mais ils avaient disparu.

Après un moment d'hésitation, il se convainquit qu'il était assez malin et habile pour affronter un vieux schnock boiteux et blessé. Il lui suffirait juste de ne pas se laisser surprendre par-derrière, comme dans le vestibule. Sa décision prise, il ôta sa lampe frontale et la cala dans sa main libre, de manière à ne laisser filtrer entre ses doigts qu'un minimum de lumière. Une dernière inspiration pour se donner du courage, puis il courba le dos et pénétra dans le passage secret.

Après avoir traversé une cave en tout point semblable à celle qu'il venait de quitter, Valentin s'engagea dans un long tunnel sec et frais, dont les parois avaient été recouvertes d'un enduit de ciment. Il atteignit une grille à croisillons, grande ouverte. Avec prudence, concentré à l'extrême afin qu'aucun son ne lui échappe, il pénétra dans une cave voûtée, au sol bétonné, où la température était légèrement supérieure et dont l'odeur rappelait furieusement celle d'une charcuterie. Une rapide exploration visuelle lui permit de constater qu'elle servait à entreposer toutes sortes de denrée alimentaires, charcuteries et fromages principalement, en quantité industrielle. Des étagères regorgeaient de boîtes de conserve, de bouteilles de vin et autres spiritueux… Il y avait là de quoi nourrir un régiment. Plusieurs régiments ! En d'autres circonstances, l'adolescent s'en serait amusé. En l'occurrence, cela ne faisait qu'accroître son inquiétude sur la santé mentale du propriétaire des lieux. Il ne s'attarda pas davantage et reprit sa progression. L'inquiétant pressentiment qu'il était attendu devint une quasi certitude lorsqu'il découvrit en haut de l'escalier, aux marches de ciment peintes en gris, une porte entrouverte. Par l'entrebâillement, filtrait un éclairage jaunâtre.

C'était l'invitation du diable ! Et elle était affreusement tentante.

Il était à deux doigts de renoncer, mais le silence qui régnait chez M. Mathios l'incitait à ne rien faire. « Si je l'entends bouger, je me tire », se promit-il. L'idée lui traversa l'esprit que le retraité pouvait ne pas être seul, mais il préféra la chasser. La situation était bien assez angoissante comme cela…

À mesure que les secondes s'égrenaient sans que rien ne trahisse une présence vivante dans la maison, son cœur montait en régime. Il entreprit de s'apaiser en respirant par la bouche, les yeux fermés. Mais il se rendit bientôt compte que cela ne servirait à rien tant qu'il ne prendrait pas une décision.

À pas de loup, mais fermement décidé à ne pas aller plus loin que le bas de l'escalier de béton, il traversa la cave. Estimant que cela n'aggravait pas sa prise de risque, il gravit trois marches, puis une autre puis une autre et une autre encore… jusqu'à atteindre la porte entrouverte. « Je m'arrête là ! », décréta-t-il en pensée. Le démon de la curiosité l'incita néanmoins à glisser un regard à l'intérieur de la maison. Il reconnut le couloir, plongé dans une pénombre jaunâtre, et au fond la porte d'entrée, doublée par un épais rideau de velours vert sapin. Il ne pouvait l'apercevoir, mais il se souvenait que le salon où Mathios l'avait reçu se trouvait tout de suite à gauche après le seuil. C'était de là que provenait la lumière jaunâtre. L'araignée était donc revenue dans sa tanière.

Et maintenant, que faire ?

Il se résigna à admettre que, de toute façon, il ne retournerait pas dans la Maison de l'horreur. Ce serait absurde puisqu'il s'y retrouverait emprisonné et devrait se faire délivrer soit par Gérard Mathios, soit par la police. Il n'avait donc d'autre choix que de sortir par la grande porte… Atteindre celle-ci ne lui demanderait que cinq secondes, l'ouvrir moins de trois, puisque la clé était dans la serrure. Il baissa les yeux, le sol était carrelé, donc idéal pour une évasion discrète. Et il n'aurait même pas à pousser le battant derrière lequel il se tenait, au risque de faire grincer les gonds, car celui-ci était assez entrebâillé pour lui permettre de passer dans le couloir sans le toucher. Bref, c'était du beurre. Alors, pourquoi hésitait-il ?

La peur au ventre, le regard punaisé sur la clé enfoncée dans la serrure du milieu de la porte d'entrée, il se sentait derrière cet huis comme l'été dernier lorsqu'il s'était enhardi à monter au plus haut niveau du plongeoir de la piscine. Il était resté plusieurs minutes littéralement tétanisé au bord de ce gouffre, sans pouvoir détacher son regard de la surface miroitante du bassin olympique. Il avait fallu que du coin de l'œil il voie Zoéline, lassée d'attendre l'exploit, s'en aller avec ses copines pour qu'il s'y jette… et réalise le plat le plus spectaculaire de l'histoire de la piscine.

C'est alors que son ouïe capta une respiration provenant du salon, sifflante et régulière, celle d'un dormeur. Il sourit et se dit que, finalement, la chance était peut-être tout bonnement avec lui. L'instant d'après, couteau de cuisine au poing, il se faufilait dans le couloir de la maison du tueur…

22

Les amitiés du monstre à ses victimes

Valentin se figea.

Elle était là ! Sur la table nappée de blanc, à deux pas de l'entrée du salon devant laquelle il venait de s'immobiliser. La cassette orange l'appelait, elle hurlait même qu'il l'emporte. Il se mordit les lèvres. Son cœur ne battait plus la chamade, mais la charge de la cavalerie légère. Le sang pulsait violemment à ses tempes. Même le jour où il avait failli embrasser Zoéline sur la bouche, lors d'une fête d'anniversaire, il n'avait pas connu pareille bouffée d'adrénaline. Mathios n'était pas visible, mais il n'était pas loin puisqu'il l'entendait ronfler doucement. Selon toute vraisemblance, il dormait dans le grand fauteuil à oreilles face à la cheminée, tout au fond de la pièce.

Tel qu'il était placé, Valentin ne pouvait pas en être certain puisqu'il lui tournait le dos, mais l'ombre portée sur le parquet… Le parquet ! Valentin blêmit. Ce salon était parqueté, donc forcément un minimum grinçant. « C'est fichu ! » pensa-t-il. Sauf, réfléchit-il encore, s'il progressait avec mille précautions, tout en écoutant le dormeur. Et au pire, si celui-ci se réveillait, il n'aurait qu'à précipiter l'action. Le temps que ce type comprenne qu'un intrus venait de lui dérober ce qu'il avait lui-même volé chez ses voisins, il serait loin, à danser la gigue de la victoire avec son copain.

Il prit une profonde inspiration, puis pénétra dans le salon. Chaque pas était un supplice pour ses oreilles, mais un de plus vers l'épilogue de cette incroyable aventure. Quand enfin il se trouva à portée de main de la boîte métallique, il s'accorda quelques secondes d'immobilité. Il avait besoin de souffler. Ensuite, il posa délicatement son couteau sur la table, puis à deux mains s'empara de la précieuse caisse et la souleva. Le ronflement sifflant de Mathios cessa brusquement… et presque aussitôt reprit. Valentin se détendit en pensant : « Zoéline ne voudra jamais me croire quand je lui raconterai ça. » Il se dit aussi que cela ferait une sacrée histoire à raconter dans un roman. L'idée lui parut d'autant plus séduisante que dans les romans, la plupart du temps, cela se termine bien : le méchant périt ou finit en prison. Quant au gentil… Les ronflements s'interrompirent à nouveau… quant au gentil, il a droit au baiser langoureux de la princesse.

Demi-tour. Léger grincement de parquet. Tenant la cassette à deux mains, comme s'il se fût agi d'une bombonne de nitroglycérine, il gagna le couloir, avec un tel soulagement qu'il en eut les larmes aux yeux. Sûr de son coup, il allongea le pas pour l'ultime étape de sa mission impossible. Il écarta le rideau pour dégager la clé plate et la faire pivoter dans sa serrure. Le pêne claqua. Il abaissa la poignée, tira…

– Oh non, c'est pas vrai ! gémit-il.

L'huis ne s'ouvrait pas ! Remontée en flèche du rythme cardiaque, sang qui reflue du visage, picotements dans le cuir chevelu. Il leva les yeux et les écarquilla d'épouvante. Le verrou du haut était un modèle à cylindre double. Il ne s'ouvrait qu'avec une clé, et celle-ci – Enfer et damnation ! – n'y était pas.

Dehors, séparé sans le savoir de son ami d'à peine quelques centimètres, Cédric était en place, l'oreille collée à la porte d'entrée du père Mathios. Quand il entendit la serrure claquer, il fit un bond en arrière, puis faillit sauter par-dessus la petite haie de buis pour se tapir dans l'herbe. Il se rassura en pariant qu'il s'agissait de Valentin et se tint prêt à l'accueillir à bras ouverts. Mais la porte resta close. Intrigué et inquiet, il se remit à jouer les espions qui écoutent aux portes. Ce qu'il entendit alors lui flanqua la chair de poule…

Valentin avait fait volte-face et s'était retrouvé nez à nez avec Gérard Mathios. Sous le coup de la stupeur, il avait laissé tomber la cassette. Avant qu'il n'ait seulement le réflexe de réagir, l'homme le plaqua d'une main contre l'huis et de l'autre lui colla sous la glotte une lame de couteau de cuisine de vingt centimètres de long, LE couteau, celui qu'il avait imprudemment laissé sur la table du salon.

– S'il vous plaît, monsieur, ne me tuez pas, implora-t-il.

L'homme ne dit rien. Il avait le teint blafard, les traits tirés d'épuisement et le front perlé de sueur. À l'évidence, il luttait contre l'épuisement et la douleur. Ainsi, ce que Valentin entendait dans le salon était davantage la respiration douloureuse d'un blessé que le ronflement d'un dormeur. Il baissa les yeux et découvrit avec effroi qu'au niveau du foie, le pull noir de Mathios était poisseux.

– Oh non ! Je suis désolé, monsieur ! Je vous jure que ne voulais pas vous faire de mal. C'est la peur. J'ai cru que...

– Chuuut ! Tu me fatigues avec tes discours. Tu as cru que je voulais te tuer et tu t'es défendu... Je ne peux pas t'en vouloir.

– Vous allez me laisser partir, alors ?

– Je suis assez favorable à une certaine forme de libération. Le coup que tu m'as porté va peut-être m'envoyer en enfer... ou peut-être pas. Dans ce cas, qu'est-ce qui se passera si je te laisse vivre ?

– Mais rien, voyons ! Je ne dirai rien, à personne, je vous le jure ! Et puis d'abord qu'est-ce que je sais ? La seule preuve qui pourrait éventuellement vous compromettre serait dans cette boîte. Et encore, c'est pas sûr du tout puisque je ne sais même pas ce qu'elle contient.

– Tu es intelligent, mon garçon. Tu as parfaitement compris ce qu'il s'est passé il y a dix ans chez les Collinsky. Mais il faut que tu m'expliques comment tu as fait ? Commençons justement par cette boîte.

Comment as-tu su qu'elle existait et où elle était cachée ?

Il marqua une pause avant de terminer, avec amertume :

– Je l'ai cherchée si longtemps.

– Si je vous le dis, vous ne me croirez pas.

L'homme le fixa, cette fois avec méchanceté.

– Écoute, gamin, répliqua-t-il, tu te doutes que cette petite conversation ne va pas durer très longtemps. Je veux juste savoir comment tu as fait et après nous passerons à la conclusion. Alors vas-y, parle.

– Comme vous voudrez, mais je doute que… (Le tueur l'interrompit en accentuant la pression de la lame sur sa carotide.) Ça va, ne vous énervez pas ! C'est… c'est Frédérika qui m'a aidé.

Mathios le dévisagea, incrédule.

– Continue, demanda-t-il néanmoins.

– Ben oui, je vois son fantôme. J'y peux rien. Je suis peut-être médium. Et j'ai vu aussi celui de ses parents et de ses frères. Elle m'a demandé de chercher une boîte, c'est tout. Ce sont les jumeaux qui m'ont permis de la trouver. Et puis… (il baissa le regard) j'ai assisté à leur mort. C'était tellement horrible que j'ai failli vomir.

– Attends. Tu es en train de me dire que tu m'as vu les tuer ?

– Je ne vous ai pas vu, vous. J'ai seulement vu comment ils ont été assassinés : les jumeaux poignardés dans leur lit, leur maman dans la salle de bain… C'est plus tard que j'ai fait le rapprochement avec des indices.

– Quels indices ?

– Vous êtes gaucher ?

– Oui.

– Les Collinsky étaient tous droitiers.

– Et alors ?

– Le nœud coulant qui a servi à pendre monsieur Collinsky a été fait par un gaucher. Je le sais, parce que mon grand-père était marin et qu'il m'a appris les principaux nœuds. Et lui aussi était gaucher.

Ébranlé dans sa rationalité, Mathios secoua la tête et nia :

– Impossible.

– Mais si, je l'ai vu sur la photo que m'a montrée le commissaire Lagrange.

– Non, je parle des fantômes. Écoute, je suis trop fatigué pour continuer. On va s'arrêter là.

– D'accord. Je peux partir ?

– Non, désolé. Je ne peux pas prendre le risque de te laisser en vie.

– Mais c'est idiot ! Si vous me tuez, la police vous arrêtera et vous serez condamné pour meurtre, pas celui des Collinsky puisqu'il est prescrit…

– Pas tout à fait. Dans trois mois seulement.

– Enfin bon, de toute façon, vous seriez arrêté, alors pourquoi ajouter un crime de plus à votre cas ? Mon copain est dehors, il m'attend. Je pense même qu'il a déjà appelé les flics.

L'homme esquissa un drôle de sourire, un sourire glaçant.

– Qu'est-ce qu'il y a ? s'angoissa Valentin.

– C'est moi qui vais les appeler, quand je t'aurai poignardé. J'expliquerai que je t'ai surpris chez moi en train de me cambrioler. Tu m'as agressé avec un couteau de cuisine volé dans la maison d'à côté. Nous nous sommes battus, nous avons roulé au sol et dans la bagarre tu as reçu un coup mortel au cœur. C'était de la légitime défense. Tu vois, moi aussi je suis très intelligent.

Horrifié, Valentin lut sa mort dans les yeux rougis et luisants de fièvre du monstre. La panique le submergea et le fit s'écrier :

– Cédric, il veut me tuer ! Au secours, Cédric ! Il veut… il veut…

Sa voix s'étrangla et il fixa l'homme, les yeux écarquillés et remplis de larmes. Il avait oublié le cri d'appel à l'aide convenu, mais son copain sur le perron entendit et comprit parfaitement l'urgence de la situation. Il saisit son téléphone, composa fébrilement le 17.

– J'appelle les flics ! cria-t-il.

Dans la maison, Valentin ne réalisa pas sur le coup ce qu'il se passait. La lame n'était plus sur son cou et la main qui le plaquait contre la porte relâcha brusquement sa pression sur sa poitrine. Délivré, il dut s'agripper au rideau de velours pour ne pas s'effondrer. Puis soudain, il sentit une poigne de fer l'agripper au col. L'instant suivant, une douleur atroce lui vrilla la poitrine, si violente qu'il en eut le souffle coupé. Ses jambes ployèrent et il se plia sur sa douleur. Vidé de toute force, il s'écroula sur le carrelage glacé. Juste avant de sombrer dans les ténèbres, il capta un murmure :

– Désolé petit. Mes amitiés aux Collinsky.

23

La fin

N'ayant pas réussi à enfoncer la porte d'entrée aux serrures blindées, Cédric parvint quand même à s'introduire dans la maison de Gérard Mathios par une fenêtre du premier étage. Il le fit grâce à une gouttière, puis en brisant une vitre à coups de lampe torche. Peu après, il dévalait l'escalier de bois, animé d'une telle rage qu'il était prêt à fracasser le crâne du criminel, quand bien même celui-ci aurait été armé d'une mitrailleuse lourde. La vision de son copain gisant au milieu du vestibule dans une mare de sang, recroquevillé sur lui-même, le figea dans son élan.

– Oh non ! Valentin ! souffla-t-il.

Il se précipita, se jeta à genoux près de lui, et durant plusieurs secondes, mains écartées, ne sut ce qu'il devait faire. Il se pencha pour toucher son front qui était humide et glacé comme la mort. Il lui parla, mais n'obtint aucune réponse. Impuissant et choqué, l'adolescent resta un long moment complètement désemparé, puis tout à coup, il repensa à Mathios. Il se leva, le chercha et ne tarda pas à le trouver dans le salon. Lui aussi était au sol, immobile et inconscient. C'est alors que retentit dehors la sirène du véhicule des pompiers, suivie de peu par celle de la police.

Tandis que Cédric s'occupait d'indiquer aux secours comment entrer dans la maison, Valentin vivait une expérience singulière. Toute douleur avait disparu, de même que ce froid angoissant qui l'avait pénétré jusqu'au cœur, alors que la vie s'échappait de son corps. Il n'éprouvait aucune forme d'inquiétude. C'était comme s'il flottait dans un état de somnolence cotonneuse. Sa conscience était imprécise et pourtant d'une parfaite lucidité. Des éclats de voix et des silhouettes en mouvement attirèrent son regard vers le bas. Il eut alors la surprise de se voir allongé sur le dos, le torse dénudé. Il portait une vilaine plaie rouge au thorax. Des hommes en tenue de pompier s'activaient autour de lui. Intrigué, il se rapprocha et entendit des exclamations :

– Il ne respire plus !... Le cœur !... On le perd !

L'un des secouristes entreprit de pratiquer un vigoureux massage cardiaque. Valentin comprenait parfaitement l'enjeu vital de cette scène, pourtant il n'éprouvait aucune crainte, à peine une vague tristesse, celle de causer du chagrin à ceux qu'il aimait. C'est alors que son attention fut attirée par d'autres présences, d'une nature très différente. L'environnement avait complètement changé. Il ne se tenait plus dans la maison de Gérard Mathios, mais... ailleurs. Dans un environnement indistinct et très lumineux, il voyait une adolescente blonde, souriante, incroyablement séduisante de douceur.

– Frédérika ?

Elle acquiesça d'un imperceptible hochement de tête. Ses frères étaient avec elle. Derrière eux se tenaient debout deux adultes, mais qui curieusement lui tournaient le dos, comme s'ils observaient l'approche d'un phénomène à l'horizon, ou l'arrivée d'un bateau. L'attention de Valentin se reporta sur la jeune fille, et il entendit ceci :

– Il fallait que justice soit faite pour que nous puissions être délivrés de nos tourments.

– Mais je n'y suis pour rien, rétorqua-t-il. C'est lui qui...

– Merci, l'interrompit Frédérika.

Alors une brusque inquiétude le saisit :

– Est-ce que je suis mort ?

Les parents de la jeune fille tournèrent la tête pour le fixer, et il lui sembla percevoir un message énigmatique : *Tu n'as rien à redouter. Ce que tu es donne forme à ce que tu vis.*

Et soudain, ce fut la chute.

Le hurlement de détresse que poussa Cédric à l'instant précis où l'un des secouristes annonça : « C'est fini », résonna jusqu'aux plus lointaines profondeurs des abîmes du Mystère.

24
Épilogue

Valentin était au paradis. À l'hôpital, mais au paradis.

Zoéline, assise à sa gauche sur le lit, ne lui lâchait plus la main. Cédric, sur une chaise à sa droite, n'en finissait pas de soupirer et de rire de bonheur.

– On peut dire que tu reviens de loin, dit-il pour la dixième fois au moins, comme si c'était lui qui n'en était pas encore revenu.

« Si tu savais à quel point », pensa le convalescent.

Après que les pompiers eurent réussi, dans une ultime tentative, à le ramener à la vie dans la maison du monstre, il demeura dans le coma un peu plus de vingt-quatre heures. Il avait été opéré, transfusé… en somme ressuscité par des médecins aux doigts d'or qui pourtant n'étaient pas optimistes. Au réveil, ils étaient tous là : ses parents, Zoéline, Cédric, tous en pleurs. Submergé par tant d'amour, lui-même avait fini par fondre en larmes. Après cinq jours de repos, il avait recouvré presque toutes ses forces et commençait à montrer des signes d'impatience à retrouver l'air libre et surtout le collège où, paraît-il, on attendait de pied ferme le « super héros ».

Depuis son retour à la vie, on ne cessait de lui assurer que tout rentrerait bien vite dans l'ordre, que les peurs et les douleurs appartiendraient au passé. Cédric lui avait même assuré qu'il avait la chance formidable de disposer désormais de sacrés souvenirs de guerre à raconter à ses petits-enfants. Mais lui savait que rien, jamais, ne serait plus comme avant. Non pas à cause de son acte d'héroïsme, qui aurait pu le transformer en une sorte de chevalier blanc sans peur et sans reproche, ni même parce qu'il avait vu des revenants ou avait fait la *une* de nombreux médias. Ce qui avait bouleversé sa vision de la vie n'avait duré qu'une fraction d'éternité, celle où, en état de mort clinique, son esprit avait quitté son corps. Il n'avait raconté ce phénomène qu'à Zoéline, la seule dont il ne craignait pas qu'elle se fiche de lui. Bien au contraire, la jeune fille avait aussitôt entrepris des recherches sur Internet et mis un nom sur cette expérience bouleversante : NDE[1]. Elle avait même imprimé un dossier complet sur le sujet, qu'elle lui avait résumé ainsi, au moment de le lui remettre :

– NDE, ça veut dire *expérience de mort imminente*, en anglais. C'est arrivé à des gens qui ont été, comme toi, plongés dans un profond coma, et même qui sont morts pendant quelques secondes. À leur réveil, ils ont raconté des trucs incroyables, comme de s'être vus flottant au-dessus de leur corps pendant qu'on essayait de les sauver. Certains ont raconté qu'ils avaient eu la vision d'un tunnel de lumière…

– Moi, pas, avait confié Valentin.

– Non, mais tu as vu les esprits de la famille Collinsky. C'est typique des NDE, parce que, souvent, ceux qui en ont vécu disent qu'ils ont parlé avec des êtres de lumière, comme des anges qui les rassuraient… Tu souris ? C'est très sérieux, je t'assure.

Valentin en avait convenu, avec sincérité, et pour cause ! Il avait alors pensé qu'il ne s'en remettrait sans doute jamais, et heureusement ! Depuis lors, il

---

1 « *Near-death experience* »

était devenu quasiment un spécialiste du sujet, au point qu'il se savait capable de présenter un exposé à sa classe sans la moindre note.

Il se redressa, rajusta ses oreillers dans son dos, puis demanda :

– On joue à quoi ?

Pris au dépourvu, ses amis échangèrent un regard perplexe. C'est alors que la survenue d'un visiteur inattendu créa une heureuse diversion.

– Commissaire ! s'exclama Valentin. Entrez ! Ça, c'est une surprise !

Le policier pénétra dans la chambre avec un sourire qui n'était pas seulement amical, mais teinté d'espièglerie. Les trois amis remarquèrent aussitôt la cassette de fer orange qu'il apportait, comme s'il se fût agi de son cadeau au malade.

– Bonjour, Valentin. On m'a dit que tu avais une forme olympique, et j'ai bien l'impression qu'on n'a pas exagéré.

– Non, non, répondit distraitement le garçon, les yeux rivés sur la boîte. Vous l'avez ouverte ? enchaîna-t-il.

– J'ai préféré que nous le fassions ensemble. J'ai juste demandé à ce qu'on perce le canon de la serrure. Et pour être bien sûr que je résisterais à la curiosité, j'ai fixé ce cachet de cire, comme pour une pièce à conviction. Tu as bien mérité d'être le premier à savoir ce qu'elle contient. Par contre, je vais te donner des gants.

– Pour les empreintes ?

– Et la procédure.

Cédric céda son siège au commissaire. Avant d'y prendre place, celui-ci déposa délicatement la cassette sur les jambes de Valentin. Un silence un peu tendu suivit. Les mains posées sur la surface froide de la boîte, l'adolescent ne cachait pas son émotion. Il semblait hésiter...

– Eh bien, vas-y, ouvre-la ! le pressa l'impatient Cédric.

– Comment va-t-il ? demanda Valentin à mi-voix, sans détacher son regard de l'objet.

– Il s'en sortira, répondit le commissaire, du moins physiquement, car psychiquement il est tombé dans une sorte de catalepsie…

– Qu'est-ce que c'est ? s'enquit Zoéline.

– Il n'a pas prononcé une parole depuis son réveil. Il ne bouge plus, n'a plus de réflexe. Les médecins pensent qu'il a sombré dans une folie hypnotique, comme si toute l'horreur de ses crimes lui avait figé l'esprit et le corps.

– Il sera quand même jugé ? s'inquiéta Cédric.

– Je l'espère.

Nouveau silence.

Et enfin, Valentin brisa d'une simple pression du pouce le cachet de cire rouge. Il souleva lentement le couvercle. Ses yeux s'agrandirent à la vue d'un petit lingot d'or. Il écarta ce dernier pour s'emparer d'une liasse de papiers, dont une grosse enveloppe cachetée à la cire. Il y avait également des titres de propriété et… la photocopie d'une lettre manuscrite.

En découvrant qu'elle était adressée à M. Gérard Mathios, il éprouva un pincement au cœur. Avant même de l'avoir lue, il eut la conviction qu'il tenait là cette fameuse preuve que Frédérika souhaitait tant qu'il trouvât. Le ton était sec, incisif, bien loin de la lettre destinée à un ami intime. Par elle, Vladimir Collinsky y congédiait son voisin comme s'il se fût agi d'un employé de maison indélicat. C'est seulement dans le dernier paragraphe que Valentin comprit pourquoi le père de Frédérika avait décidé de lui fermer définitivement sa porte :

« Il n'est nul besoin pour moi de justifier cette injonction. Ce que tu as tenté de faire à ma fille (Où te serais-tu arrêté si nous n'étions pas intervenus à temps ?) restera notre odieux secret. Mais avise-toi une fois seulement d'approcher l'un de mes enfants, ou même Bettina, et dans l'heure qui suivra ton épouse connaîtra la raison exacte de notre brouille. »

La lettre s'achevait là. Elle était signée, mais n'était pas datée. Valentin resta pensif un moment, tentant d'imaginer la teneur exacte de cet « odieux secret » qui devait lier la famille Collinsky à Gérard Mathios. Il n'eut pas à forcer beaucoup son imagination pour deviner ce qu'il avait pu se passer. Il tendit le document au commissaire qui le lut à voix haute. Commentaires et interprétations allèrent bon train, sans Valentin qui était ailleurs, perdu dans ses pensées, dans ses souvenirs, dans le regret de n'avoir pas pu communiquer davantage avec Frédérika. Comme si elle l'avait entendu, elle lui apparut, tout auréolée de lumière, souriante, reconnaissante. Elle lui tendit la main. Ils se rapprochèrent. Elle l'embrassa sur le front. Au contact de ses délicieuses lèvres fraîches, il rouvrit les yeux, et vit que c'était Zoéline qui venait de lui donner ce délicat baiser.

– Je crois que je me suis un peu assoupi, dit-il.

La jeune fille murmura à son oreille qu'ils se retiraient pour le laisser se reposer. Puis elle lui promit de revenir très vite. Il la vit alors jeter un furtif coup d'œil par-dessus son épaule. Et soudain, elle lui prit le visage entre ses mains et l'embrassa, mais pas sur le front.

Valentin était au paradis. À l'hôpital, mais au paradis.

25

Post-épilogue

Presque trois mois s'étaient écoulés.

Valentin avait retrouvé toute son énergie, même si son entourage avait constaté qu'il était plus calme, plus rêveur... plus mûr aussi. Ce qu'il avait gardé intact, en revanche, était son goût pour les séances de cinéma à la maison, entre Zoéline et Cédric, pendant que ses parents dînaient à l'extérieur, chez des amis. Ce soir-là, il avait proposé à ses camarades « une fois n'est pas coutume », une comédie qu'il louerait par la box-TV, en vidéo à la demande.

– Ça y est, tout le monde est prêt ? demanda-t-il.

Tous trois étaient déjà en place, confortablement installés dans le canapé familial, avec sur les genoux un plateau-repas débordant de douceurs à manger et à boire.

– C'est bon, mec, envoie la rigolade !

Cédric aurait préféré un film d'horreur, mais il n'avait pas osé le suggérer. Valentin tendit la télécommande vers le téléviseur, mais obtint un résultat inattendu.

– Oups ! Pardon !

– Ben quoi, qu'est-ce que tu fiches ? s'agaça son copain.

Sur l'écran était apparu le présentateur d'une chaîne d'information continue.

– J'ai dû appuyer sur le mauvais bouton.

Il allait rectifier quand l'apparition du portrait d'un individu figea littéralement son geste.

– On dirait Mathios, s'étonna Zoéline.

C'était bien lui, en médaillon, tandis que le présentateur annonçait gravement :

– Il semblerait que le détenu ait profité d'un transfert sanitaire d'une unité de l'hôpital psychiatrique de Sainte-Anne vers une autre pour s'évader. Considéré comme très dangereux, il est activement recherché…

– Mince alors ! souffla Cédric. Il ne fera pas bon sortir la nuit tant qu'il sera dehors, celui-là.

– Tu sais que tu peux rester dormir ici, si tu veux, proposa Valentin.

– Et moi aussi ? demanda la jeune fille en lui adressant une œillade qui lui fit monter le rose aux joues.

– Euh, oui, bien sûr… avec Cédric.

Elle poussa un cri d'indignation, et tous trois éclatèrent de rire. Le tintement du carillon de la porte d'entrée les calma d'un coup.

– T'attendais quelqu'un ? s'enquit Cédric, vaguement inquiet.

– Qui veux-tu que j'attende, à part le diable ?

C'est malin, fit Zoéline avec un haussement d'épaules.

– Bon, je vais voir, annonça Valentin. C'est sûrement un voisin qui a besoin d'un truc.

Le garçon posa son plateau sur la table basse, puis sortit du salon. Appréhendant la visite d'un importun qui leur gâcherait leur soirée ciné, le grand blond et la jolie Zoéline tendirent l'oreille tout en se fixant mutuellement. Ils entendirent la porte d'entrée s'ouvrir… Silence… Et soudain Valentin poussa un cri déchirant qui les saisit à l'estomac. L'instant suivant, leur copain surgit affolé dans le salon.

– Il est là ! Il est revenu ! hurla-t-il.

Ses amis se retournèrent et virent se planter à l'entrée du salon un homme tout de noir vêtu, le visage sous un passe-montagne, brandissant d'une main menaçante un grand couteau de cuisine. Et comme si cela n'avait pas suffi à terroriser les adolescents, l'intrus poussait des grognements de bête. Zoéline fut la première à se laisser submerger par la panique. Elle se leva si brusquement que le plateau vola jusqu'au mur. Cédric poussa un hurlement tonitruant, et lui aussi envoya valdinguer son plateau. Quant à Valentin… Zoéline le regarda, incrédule… Valentin était écroulé de rire sur le canapé. Cédric se figea à son tour. C'est alors qu'entra dans la pièce un homme portant une caméra, puis un technicien brandissant un micro au bout d'une perche, derrière lesquels apparurent les parents de Valentin ! Le présumé Gérard Mathios, célèbre monstre de la Maison de l'horreur, ôta d'un geste vif son passe-montagne, démasquant le visage hilare de Florian Marchal :

– Surprise ! Vous passez à la télé !

FIN…

L'horreur au cinéma

Les plus grands films d'horreur

Mélody Mourey

Dès ses premiers pas, le cinéma éprouve un malin plaisir à susciter l'effroi le plus total chez les spectateurs. Plongés dans l'obscurité, les dents s'entrechoquent, les grains de pop corn voltigent projetés par leur propriétaire pétrifiés, les poils se hérissent, les cœurs s'emballent… Les cinéphiles mordus d'horreur exultent, les cinéphiles mordus par leur voisin… un peu moins.

En 1896, le célèbre réalisateur Georges Méliès réalise *le Château du Diable*, un court métrage qui, avec ses métamorphoses soudaines, ses disparitions de personnages et la présence du diable, s'impose comme le premier film d'horreur de l'histoire du septième art. Depuis, le genre a connu des évolutions multiples, du film gore, barbouillant l'écran d'hémoglobine, à l'épouvante instaurant une atmosphère angoissante, en passant par le comique horrifique… Le point commun à ces différentes branches de l'horreur réside dans leur délicieuse capacité à titiller notre amygdale, non celle qui se situe au fond de la bouche mais bien la petite zone du cerveau responsable de nos réactions de peur. Voici une sélection des meilleurs chefs d'œuvre de l'horreur réservés aux cinéphiles en mal d'émotions fortes… Cœurs sensibles s'abstenir, frisson garanti !

Le Sixième Sens

(1999) de Night Shyamalan

Suspense
****
Monstruosité
*
Fantastique
****

« Je vois des gens qui sont morts... »

Pour voir ce film : Avoir plus de 12 ans, ne pas habiter une vieille maison équipée d'un sol en parquet craquant sous le pied, au risque de ne plus jamais fermer l'œil…

Un petit garçon dispose du don peu commun et somme toute, franchement terrorisant, de voir et d'entendre les morts. Cachant son lourd secret à son entourage, l'enfant parvient à trouver du soutien auprès d'un psychiatre interprété par Bruce Willis… Ce dernier a déclaré avoir exceptionnellement accepté le rôle à la seule lecture du scénario, tellement ce dernier lui a semblé… sensationnel !

L'Exorciste

(1973) de William Friedkin

« Tu vas mourir, là-haut… »

Monstruosité
****
Suspense
***
Fantastique
****

Pour voir ce film : Avoir au moins 12 ans, ne pas être atteint de troubles cardiaques, être accompagné d'un ami à agripper dans les moments de panique.

La petite Regan et sa mère mènent une vie paisible lorsque de curieux troubles se manifestent chez la fillette. Si certains médecins croient Regan atteinte d'une maladie psychologique, d'autres la pensent possédée par le démon… Regorgeant d'images insoutenables - une rotation de tête à 360 degrés, des contorsions et transformations physiques sordides - et de répliques si violentes qu'une actrice plus âgée dut être appelée par les réalisateurs pour les prononcer, ce film a terrorisé des millions de spectateurs depuis sa sortie en salle. En 1973, il provoqua même des réactions si extrêmes que l'actrice incarnant Regan fut contrainte d'être placée sous protection policière…

Blair Witch project

(1999) de Daniel Myrick et Eduardo Sanchez

Suspense
****
Monstruosité
*
Fantastique
**

*« J'ai peur d'ouvrir les yeux
et j'ai peur de les fermer. »*

Pour voir ce film : Avoir plus de 12 ans, ne pas être sujets au mal de mer (mouvements de caméras saccadés), ne pas avoir prévu de vacances en camping...

Des étudiants ont disparu en forêt alors qu'ils y campaient pour réaliser un documentaire autour d'une sorcière légendaire. Les images capturées par ces trois jeunes sont retrouvées et l'on assiste alors à l'ignoble cauchemar qu'ils ont pu vivre. Tourné en seulement huit jours avec un budget extrêmement limité, ce film fut présenté comme un documentaire avant sa sortie. Les acteurs étaient même déclarés « Disparus, probablement morts » sur Internet. Pour plus de réalisme, les comédiens vécurent un réel enfer durant le tournage, placés dans des conditions extrêmes par les réalisateurs et recevant notamment de moins en moins de nourriture au fil de la semaine...

Massacre à la tronçonneuse

(1973) de Tobe Hooper

Suspense
****
Monstruosité
***
Réalisme
***

« Même si l'un d'eux survit,
qu'en restera-t-il ? »

Pour voir ce film : Avoir plus de 16 ans, apprécier la douce mélodie d'une tronçonneuse en marche…

Inspiré de l'histoire vraie du tueur en série Américain Ed Gein, connu pour avoir perpétré une dizaine de meurtres sordides, le film dépeint l'histoire de cinq jeunes insouciants qui, de retour d'un road trip, tombent en panne dans un village peu accueillant. Ils y rencontrent la personnification de leur pire cauchemar, Leatherface (« Face de cuir »), un tueur portant un masque constitué de la peau de ses victimes… Tout un programme ! Dès 1975, ce film fut censuré en France et classé X, sans aucune raison valable. De nombreux pays l'interdirent, si bien qu'il ne put être diffusé en Angleterre qu'en 1999.

Les dents de la mer

(1975) de Steven Spielberg

Suspense
✶✶✶✶
Monstruosité
✶
Humour
✶✶

« On va avoir besoin d'un plus gros bateau »

Pour voir ce film : Avoir plus de 12 ans, détester le poisson, savoir nager.

Sur l'île fictive d'Amity, une jeune fille est retrouvée morte et gravement mutilée… Le chef de la police Martin Brody ne tarde pas à envisager une attaque de requins voraces. Les autorités de la région, plus soucieuses des retombées du tourisme que de la sécurité des personnes, refusent d'interdire l'accès aux plages… De nombreuses astuces ont été mises au point pour accentuer le caractère spectaculaire du film. Dans une scène où un héros fait face à un requin, l'acteur a été doublé par un nain afin de faire paraître l'animal plus impressionnant. La bande originale du film, dont on peut entendre une version ralentie au lancement du journal de 20h de TF1, participe à l'élaboration de l'atmosphère angoissante…

Ring

(1998) de Hideo Nakata

Angoisse
***
Fantastique
****
Suspense
****

« Je voulais que tout le monde connaisse la peur que j'ai ressentie. »

Pour voir ce film : Avoir plus de 12 ans, préférer aux DVD et disques Blu-Ray les vieilles vidéocassettes de mauvaise qualité qui tuent les gens...

Ce film japonais sorti en 1998 se fonde sur la tradition des films de fantômes japonais et sur une célèbre légende urbaine : quiconque regarderait une mystérieuse cassette vidéo serait condamné à mourir sept jours après... Une jeune journaliste se lance dans une investigation autour de cette malédiction... à ses risques et périls ! Adapté du roman d'un maître du suspense Japonais souvent comparé à Stephen King, Kôji Suzuki, ce film a inspiré un autre monument du cinéma d'horreur *Le Cerle*, *The Ring* de Gore Verbinski.

Shining

(1980) de Stanley Kubrick

Suspense
****
Monstruosité
*
Fantastique
****

« Viens jouer avec nous, Danny.
À jamais. À jamais. À jamais. »

Pour voir ce film : Avoir plus de 12 ans, ne pas oublier quelques principes nécessaires à la survie : inspirer, expirer, inspirer, expirer…

Jack Torrance emménage avec son épouse et son fils Danny dans un hôtel perdu dans les bois pour en devenir le gardien. Ce lieu fermé l'hiver suffit à lui seul à faire germer une virulente angoisse dans le cœur des spectateurs… La famille apprend que le précédent gardien avait abattu à coups de hache sa femme et ses deux filles avant de se donner la mort. Disposant d'un don de médium, Danny est inquiet à l'idée de vivre dans un tel endroit... Et on le comprend ! L'acteur qui interprète Danny était âgé d'à peine six ans lors du tournage. Son entourage lui a donc caché qu'il jouait dans un film d'horreur et ce n'est que des années plus tard que le jeune homme a pu trembler à son tour devant ce chef d'œuvre du cinéma…

Pour que le frisson continue, suivez les différentes éditions des festivals de cinéma récompensant chaque année les meilleurs films d'horreurs ou fantastiques, tels que le Chicago Horror Festival ou le Festival International de Gerardmer ! Après quelques sursauts, vous vous envolerez pour un tour du monde de l'effroi, des chefs d'œuvres asiatiques aux monuments africains, en passant par les œuvres américaines ou européennes… Tous les continents sont prêts à vous faire trembler…

Table des matières

À l'origine des *Voyages Extraordinaires*
LES FABULEUX
ARTHUR TÉNOR
Scrineo jeunesse

LES FABULEUX

Arthur Ténor

Dans un futur proche, le physicien de renommée mondiale, Julius Kovalch, travaille sur l'une des énigmes les plus fabuleuses de la recherche fondamentale : la matière sombre, qui constitue 80 % de la masse totale de l'univers. Autrement dit, il cherche à percer le mystère du vide !

Cette quête, menée grâce à un hyper accélérateur de particules, va lui permettre d'atteindre, dans l'infiniment petit, la frontière la plus ultime de l'univers physique, celle au-delà de laquelle on entre dans... l'extraordinaire ! Et il fera mieux que cela, puisqu'il ouvrira une brèche quantique entre la matière et l'esprit, le réel et l'Imaginaire...

EMMA SHA
PIERRE OBSCURE
I. LA TRAVERSÉE D'ALZAR

EMMA SHA
PIERRE OBSCURE
II. LA PORTE D'AZOTH

PIERRE OBSCURE

Emma Sha

Chayma, enfant intrépide de onze ans, habite les Hauts Plateaux. Son petit frère Elie est très malade et ses parents lui demandent de se rendre à Alzar, métropole tentaculaire pour rencontrer le professeur Pavel.

Arrivée à Alzar, elle rencontre Mihiran, un garçon de la Zone des Exclus et, avec lui, elle commence la traversée de cette ville cloisonnée, régie par des lois impitoyables. Elle découvre la Zone d'Ombre, vaste réseau souterrain, où vivent des clans d'enfants et des meutes de chiens.

Sélection Grand Prix des lecteurs du journal de Mickey 2013

Gérard Lecas
LES AVATARS DE GASPARD
Un pouvoir magique

Sylvain Lignac
Louise Revoyre
LES AVATARS DE GASPARD
Le Coffre ensorcelé

Sylvain Lignac
Louise Revoyre
LES AVATARS DE GASPARD
Le Jardin mystérieux

LES AVATARS DE GASPARD

Sylvain Lignac

Louise Revoyre

Gaspard, un jeune collégien renfermé, s'est découvert un soir un étrange pouvoir : quand il revêt un habit qui ne lui appartient pas, celui-ci s'ajuste immédiatement à sa taille et il maîtrise alors tous les savoirs de son propriétaire.

Aidé de Bastien, son cancre et bout-en-train de meilleur ami, et de la malicieuse et enthousiaste Chloë, Gaspard devra vite apprendre à apprivoiser son nouveau pouvoir, surtout s'il veut s'en servir pour mener l'enquête sur de nombreux mystères...

8, rue Saint-Marc, 75002 Paris
Diffusion : Volumen
Couverture réalisée par Isabelle Dumontaux
Mise en page : Marguerite Lecointre

Imprimé en France par France Quercy - Mercuès

ISBN : 978-2-3674-0101-0
Dépôt légal : septembre 2013